Ernst Toller
Nie wieder Friede

Eine bittere Komödie über
Militarismus & Antipazifismus
aus dem Jahr 1936

edition pace
Band 13

Herausgegeben von
Peter Bürger

Ernst Toller
Nie wieder Friede

Eine bittere Komödie über
Militarismus & Antipazifismus
aus dem Jahr 1936

Friedensbewegte Edition
des hochaktuellen Bühnenstücks
zur Verlästerung der Kriegsreligion

edition pace

Die Buchausgabe folgt den
TFb/OekIF-Internetfassungen

© 2024

Ernst Toller

NIE WIEDER FRIEDE

Eine bittere Komödie über Militarismus
und Antipazifismus aus dem Jahr 1936

*Friedensbewegte Edition des Bühnenstücks,
herausgegeben von Peter Bürger*

edition pace (Gründungsreihe), Band 13

Redaktion & Gestaltung: Peter Bürger
(www.tolstoi-friedensbibliothek.de)
Umschlagmotiv: Aufführung von „Nie wieder Friede"
durch die ev. & kath. Studentengemeinde Tübingen, 1985
(‚Olymp'-Szene ǀ Bildarchiv des Herausgebers pb)

Herstellung & Verlag: BoD – Books on Demand, Norderstedt
ISBN: 978-3-7583-8246-8

Inhalt

Ernst Toller | 1893 – 1939
Porträtfoto in der ‚George Grantham Bain Collection'
commons.wikimedia.org

Eine bittere Komödie

Zu dieser friedensbewegten Edition
eines Bühnenstücks aus dem Jahr 1936

Peter Bürger

Über Nacht haben Militarismus und Kriegsertüchtigung wieder die Kontrolle über das öffentliche Leben übernommen. Noch gestern hatte man den Ewigen Frieden in der Verfassung beurkundet und sich stolz gebrüstet, bei den „Lehren aus der Geschichte" alle anderen zu überflügeln. Doch jetzt bläst dieselbe Fraktion zur Hetze gegen die Lumpenpazifisten, bringt Militainment zur besten Sendezeit und setzt eine gigantische Aufrüstung der Waffenarsenale ins Werk. Die angestrebte Weltmeisterschaft gilt nunmehr dem überaus einträglichen Sektor der Totmach-Industrien.

Ernst Tollers bittere Komödie ,Nie wieder Friede' (1934/36) klärt uns auf, wie so etwas möglich ist. Das falsche Friedensplakat trug auf seiner Rückseite immer schon die Parole für neue Kriegsabenteuer: „Man muß es nur umdrehen." Ob Kosmopolitismus oder nationale Weltgeltung an der Spitze, ob Freiheitspredigt oder autoritäre Staatspolitik, ob Krieg oder Frieden – das entscheidet sich stets an der jeweiligen Lageeinschätzung der Besitzenden und Herrschenden. Zu folgen ist den Einflüsterungen der Kriegsprofiteure.

Wer wird beim Experiment zur Kriegstauglichkeit der Erdenbewohner ,gewinnen': Soldatenkaiser Napoleon oder ein heiliger Franziskus? ,Nie wieder Friede' spielt „in exemplarischen Szenen die irdische Probe auf einen ,himmlischen' Prinzipienstreit durch. Im Olymp geraten Napoleon und Franziskus von Assisi in einen Streit über die Frage, ob die Menschen eher zum Krieg oder zum Frieden neigen. Wer von beiden recht hat, soll sich in dem irdischen Kleinstaat Dunkelstein erweisen, wo soeben eine große Feier des Friedens stattfindet. Auf die vom Olymp aus fingierte Nachricht, der Krieg sei ausgebrochen, erweist sich sehr schnell die Kriegsbereitschaft der soeben noch friedliebenden Gesellschaft. Der militaristische Umschwung [...] bleibt nicht ohne Widerstand, scheint aber zunächst nicht aufzuhalten. Die erneute Wende zurück zum Frieden wird wiederum durch eine Manipulation aus dem Olymp veranlaßt und in Dunkelstein ebenso anstandslos nachvollzogen wie zuvor diejenige zum Krieg – ein Ausgang des Experiments, der den Bellizisten Napoleon ebenso wenig zufriedenstellt wie den Pazifisten Franziskus."[1] – „Die Frage, ob die Menschen eher zum Krieg oder zum Frieden neigen, bleibt offen. Am Ende zweifelt Franziskus, ob diese Frage überhaupt die richtige Frage war, und beginnt zu überlegen, ob es vielleicht an der Qualität des Friedens liegt, daß so viele Menschen ihn so leicht aufgeben"[2] und jener gnadenlosen Ideologie des ‚Gewinnens' folgen, die – fast – nur Verlierer produziert.

Der Verfasser des hochaktuellen Bühnenstücks war linker Pazifist mit jüdischer Herkunft. Damit passte er gleich dreimal ins Feindbildvisier der Nazis. 1933 setzte NS-Deutschland Ernst Toller (1893-1939) auf die allererste Ausbürgerungsliste und warf seine Werke ins Feuer. Nach neun Jahrzehnten sollten wir die „verbrannten Bücher" wieder unter die Leute bringen, denn der Militarismus scheint unausrottbar zu sein.

Christiane Schönfeld teilt zur Entstehung des am 11. Juni 1936 in London uraufgeführten – hernach auch in Nordamerika dargebotenen – Bühnenstücks mit: „Ernst Toller arbeitete an der deutschen Fassung von ‚Nie wieder Friede!' zwischen 1933 und 1936. Ein Typoskript, das als Grundlage für die englische Übersetzung diente, ist in der Tollersammlung der Yale-University-Library archiviert. Dieses Typoskript, das 1936 entstanden sein muss ([John M.] Spalek … datiert es dagegen auf die Zeit zwischen Ende 1934 und Frühjahr 1936), enthält bereits eine vollständige Fassung des Stücks, die aber noch vor der auf Englisch erfolgten Uraufführung durch weitere Liedstrophen und eine Szene in deutscher Sprache ergänzt wurde. Das Typoskript umfasst 62 nicht durchnummerierte Seiten mit zum Teil handschriftlichen Korrekturen Tollers. Es handelt sich bei dem Typoskript um die einzige bisher bekannt gewordene deutschsprachige Fassung des gesamten Textes."[3]

---

[1] Bernhard SPIES: Die Komödie in der deutschsprachigen Literatur des Exils. Ein Beitrag zur Geschichte und Theorie des komischen Dramas im 20. Jahrhundert. Würzburg: Königshausen & Neumann 1997, S. 44-53 (Tollers Stück) – hier S. 45.
[2] Ebenda, S. 46 (die gesamte Interpretation von B. Spies sei empfohlen).
[3] „Nie wieder Friede! – Nachwort". In: Ernst TOLLER: Sämtliche Werke, Band 2. Her-

Toller lässt die Frage, ob Kriegsertüchtigung oder Friedensfeier in der menschlichen Geschichte den ‚Sieg‘ davontragen werden, offen. Noch scheint die Sache nicht entschieden zu sein. Wenn nun das Programm ‚Krieg‘ doch keine ewige, unausweichliche ‚Naturtatsache‘ ist, welche unsere Gattung am Ende zwangsläufig auf Fatalismus und kollektiven Selbstmord *festlegen* müsste? Dann läge alles daran, daß Widerstehen – nicht Ergebung – bei einer neuen Generation ‚Schule macht‘ und zum Fest wird. Die Basis des kriegerischen Überbaus überdauert, als wäre sie in Zement gegossen. Sollten wir doch lieber ansetzen beim ‚Olymp‘ über den Wolken, wo das Ringen um die geistig-kulturellen Hegemonie und also um die vorherrschende Grundgesinnung einer Gesellschaft ausgetragen wird? Schon 1517 rief Erasmus von Rotterdam in seiner – durchaus auch satirischen – ‚*Klage des Friedens*‘ (Querela Pacis) aus: „Alle müssen sich gegen den Krieg verschwören und ihn gemeinsam verlästern. Den Frieden aber sollen sie im öffentlichen Leben und im privaten Kreise predigen, rühmen und einhämmern."[4]

Seit Jahrzehnten dominieren die massenkulturellen Produktionen von militärisch-unterhaltungsindustriellen Komplexen.[5] Das dem entsprechende ‚Infotainment‘ – ein Zwitter – hat auch die seriösen Nachrichtenformate schon in beträchtlichem Ausmaß ersetzt. Gleichzeitig müssen Friedensvoten in den vorherrschenden Mediensortimenten mit der Lupe gesucht werden. ‚Blockbuster‘, welche die Schönheit und Kraft der G e w a l t f r e i h e i t ansichtig werden lassen, gibt es überhaupt nicht – aus gutem Grund, denn nichts fürchten die Herrschenden mehr als die Einsicht, daß Vernunft und Menschlichkeit übereinkommen. Allerwegen *„den Frieden zu rühmen"*, wie Erasmus es fordert, das ist nun zweifellos die anspruchs-

---

ausgegeben von Kirsten Reimers, Christiane Schönfeld, Thorsten Unger u. a.. Göttingen: Wallstein 2015, S. 772-794 (hier zitiert nach dem Online-Auszug auf: https://dspace.mic.ul.ie/handle/10395/2176). Dieser Beitrag erschließt alle Hintergründe zur ‚Geschichte‘ des Bühnentextes.

[4] In Kürze legt die Redaktion der ‚edition pace‘ die kostenfreie Internetveröffentlichung einer gemeinfreien Übersetzung der ‚Querela Pacis‘ (mit nachfolgender Buchausgabe) vor, nebst einem einleitenden Text von Eugen Drewermann.

[5] Vgl. dazu z. B. meine drei Kriegsfilmstudien: *Napalm am Morgen* (2004), *Kino der Angst* (2005/2007) und *Bildermaschine für den Krieg* (2007).

vollste künstlerische Vision. Daß hier gegenüber der bellizistischen Leidenschaft eine ungleich größere, ja überhaupt d i e größte Herausforderung an die Kunst wartet, haben Wim Wenders und Peter Handke im Drehbuch zu ‚Der Himmel über Berlin‘ (BRD / Frankreich 1986/87) bedacht: „Noch niemandem ist es gelungen, ein Epos des Friedens anzustimmen. Was ist denn am Frieden, daß er nicht auf die Dauer begeistert und daß sich von ihm kaum erzählen lässt?"

Naheliegender ist – angesichts des unüberbietbaren Irrationalismus der auf allen Kanälen verkündeten, doch nirgendwo ‚evaluierten‘ Heilslehre des Militärischen – zur Stunde vielleicht die erasmische „Verlästerung des Krieges".[6] Wieso sollte diese der Liebe zum Leben gewidmete Unternehmung des Lästerns nicht l u s t v o l l sondergleichen ihre Kreise ziehen, bis die Bitterkeit aus der Komödie entweichen kann? Die pathetische Moralpredigt des Franziskus in Tollers ‚Olymp‘ kann der großen Traurigkeit nicht wehren und wird die Welt gewiss nicht retten, leider! Auszurichten wäre „Das Fest der Narren: Das Gelächter ist der Hoffnung letzte Waffe" (Harvey Cox, 1970). Wie wäre es, die hier vorgelegte kleine Edition würde einen Kreis oder mehrere Gruppen von Friedensbewegten und sogenannten Kulturschaffenden animieren, eine radikale Neuinszenierung des komischen Dramas ‚Nie wieder Friede‘ aus den Vorjahren des letzten Weltkrieges für unsere Tage zu erproben? „Wer keine Kraft zum Traum hat", so heißt es in Ernst Tollers Heimkehrer-Stück ‚Der deutsche Hinkemann‘ (1923), „hat keine Kraft zum Leben".

Toller verfasste seine Texte gegen den Krieg nicht aus einer augenblicklichen Laune heraus. Seinen Weg als ‚Kriegserfahrener‘, dem die ‚Süßigkeit‘ des allgegenwärtigen Heldengelabers gründlich verging, hat er in der 1933 abgeschlossenen Autobiographie „Eine Jugend in Deutschland" beschrieben (womit nicht zuletzt aufgezeigt war, daß Pazifisten die mit der Kriegskloake so vertrauten Soldaten zu Wort kommen lassen müssen). Er wollte unbedingt mithelfen bei einem vollständigen Bruch mit jenen Herrschaften, die ihr Militär- und Kriegsgeschäft zu allen Zeiten auf dem Rücken der Armen abwickeln. Doch in einem Land mit derart tiefsitzenden Macht-,

---

[6] Die großen Hoffnungen, die wir zeitweilig sogar in das ‚öffentlich-rechtliche Kabarett‘ setzten, sind freilich schon verflogen – der Weg bleibt nichtsdestotrotz (als eine von mehreren Optionen) richtig.

Alltags- und Denkstrukturen des Militarismus wie Deutschland ist solches nicht möglich. – Im April 1919 beklagte der achte Deutsche Pazifistenkongreß, „daß seit der Revolution im Bürgerkrieg die Grundsätze des Pazifismus von der Heiligkeit des menschlichen Lebens nicht berücksichtigt sind. Wertvollste geistige Führer und hunderte namenlose Mitkämpfer sind auf diese Weise geopfert. Der Kongreß fordert, daß mit diesem Militarismus im Innern gänzlich gebrochen wird und kein Todesurteil, insbesondere nicht gegen den Pazifisten Toller, ausgesprochen und vollzogen wird ..."[7].

———

Ein persönlicher Nachtrag sei an dieser Stelle noch angefügt: Im Jahre 1985 führten wir, Mitglieder einer ökumenischen Theatergruppe der evangelischen und der katholischen Studentengemeinde Tübingen, Tollers erst s e h r spät und äußerst selten in deutschen Landen gespieltes Bühnenstück auf. Claudius Kurtz, Pfarrerssohn und evangelischer Theologiestudent mit absolviertem Wehrdienst, hatte damals die Rolle des Napoleon übernommen. Ich selbst – Sproß aus einer Heizungsbauerfamilie, Militärdienstverweigerer und katholischer Priesteramtskandidat – spielte den Friedensanwalt Franziskus: in der echten Kutte eines franziskanischen Kommilitonen. Eine der Szenen von damals ist auf dem Umschlag dieser Publikation zu sehen.

Während des Katholikentags 2018 in Münster diskutierte ich öffentlich mit Vertretern des Militärkirchenwesens über die neue ‚Einsatzbereitschaft' der Bundeswehr.[8] Dort trafen wir beiden Tübinger Theater-Kontrahenten uns nach Jahrzehnten wieder. „Napoleon" war kein Pazifist geworden und mich hatte die Militärreligion noch immer nicht bekehren können. In der letzten Zeit scheint „Napoleon" aber sehr nachdenklich geworden zu sein ...

Düsseldorf ǀ März 2024

---

[7] Die Friedens-Warte, Jg. 1919, S. 118. [https://www.jstor.org/stable/23795079].
[8] https://www.katholische-militaerseelsorge.de/glaube-und-seelsorge/katholikentag-2018/responsibility-to-protect-aber-wie

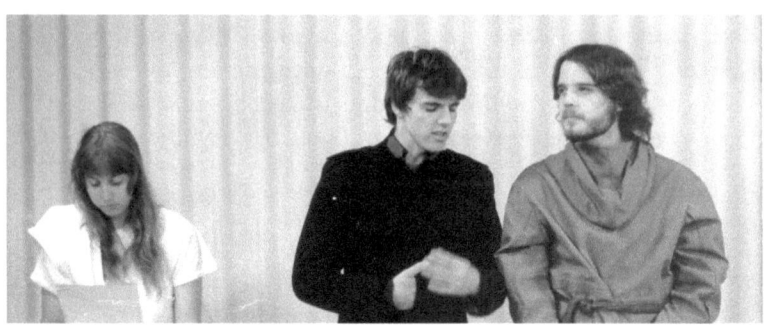

Theatergruppe der beiden Tübinger Studentengemeinden | 1885
Probenabend zu Ernst Tollers „Nie wieder Friede"

(Bildarchiv des Herausgebers)

Nie wieder Friede
Komödie von Ernst Toller

Musik von Hanns Eisler

(1934 / 1936)

Personen

FRANZISKUS VON ASSISI
NAPOLEON I. KAISER DER FRANZOSEN
SOKRATES
ENGEL
LABAN
EVA, SEINE FRAU
RAHEL, IHRE TOCHTER
MALE, RAHELS KINDERERAU
NOAH
JAKOBO
EMIL
TOMAS
JAMES
ROBERT
DER HAGERE   }
DER DICKE   }   Händler und Geldwechsler
DER KLEINE   }
ARZT
WACHEN
KINDER
VOLKSMENGE

Zeit: Heute

Die Handlung spielt im Olymp und in Dunkelstein

Erstes Bild

Salon im Olymp

(*Vor einem offenen Kamin sitzen auf bequemen Wolken,*
Franziskus *und* Napoleon. *In der Ecke vor einem Schalttisch*
ein weiblicher Engel.)

NAPOLEON: Eine Zigarette, lieber Franziskus?
FRANZISKUS: Danke ich rauche niemals.
NAPOLEON (*gießt sich Whisky ein*): Whisky?
FRANZISKUS: Danke, ich trinke niemals.
NAPOLEON: Das Abendessen war scheußlich.
FRANZISKUS: Ich erlaube mir kein Urteil, lieber Napoleon. Seit Jahr-
hunderten esse ich stets das gleiche, ein wenig himmlisches Korn,
ein wenig Regen, das genügt mir.
ENGEL: Wir haben einen neuen Koch, Majestät.
NAPOLEON: Der Mann muß aus England kommen. Die Vorliebe des
Allmächtigen für die Engländer ist mir unbegreiflich.
(*Schwaches Donnern.*)
FRANZISKUS (*zeigt nach oben, droht mit dem Finger*): Leiser! ... Ein
frommes Volk.
NAPOLEON: Auch ich hab es unterschätzt. Es versteht sich aufs
Kriegführen.
(*Pause.*)
NAPOLEON: Fräulein, was sendet das nördliche Radio?
ENGEL: Darwin spricht „Mein Irrtum auf Erden. Warum der Mensch
nicht vom Affen abstammen".
NAPOLEON: Das habe ich dreihundertmal gehört. Was sendet das
südliche Radio?
ENGEL: Wetternachrichten.
NAPOLEON: Sonniger Tag. Blauer Himmel. Ich weiß.
ENGEL: Musiksendung in der Radiozentrale. Der englische Chor.
NAPOLEON (*zu Franziskus*): Darf ich?
FRANZISKUS: Bitte.

(*Lautsprecher, sanfter Choral*):

Die Himmel rühmen des Ewigen Ehre,
Der Schall pflanzt seinen Namen fort.
Ihn rühmt der Erdball, ihn preisen die Meere,
Vernimm, oh Mensch, ihr göttlich Wort.

NAPOLEON (*winkt ängstlich, das Radio verstummt*): Es ist auf die Dauer etwas langweilig im Olymp.

FRANZISKUS: Wir leben das Leben der Seligen. Es herrscht Friede.

NAPOLEON: Darum. (*nach einer Pause.*) Haben Sie die Zeitungen gelesen?

FRANZISKUS: Ich lese niemals Zeitungen.

NAPOLEON (*zum Engel*): Sind die irdischen Abendblätter gekommen?

ENGEL: Ja, Majestät.

NAPOLEON: Was gibt es in Paris?

ENGEL: Die Regierung wurde vom Parlament gestürzt.

NAPOLEON: Das ist auch nichts Neues. Was schreiben die Zeitungen über mich?

ENGEL: Der Name seiner Majestät wird nirgends erwähnt.

NAPOLEON: Hm. Die Pariser sind stets ein undankbares Volk gewesen.

FRANZISKUS: Vergessen Sie nicht, daß Sie seit mehr als hundert Jahren tot sind.

NAPOLEON: Was sind hundert Jahre ... Was schreiben die Londoner Blätter?

ENGEL: Das Empire ist in Gefahr.

NAPOLEON: Wer greift an? Die Amerikaner? Die Japaner? Die Deutschen?

ENGEL: Die erste indische Fußballmannschaft hat die englische geschlagen.

NAPOLEON: Die Geschichte hat mich gerächt. Diese Niederlage wird das stolze England niemals verwinden. Das ist schlimmer, als wenn ich Indien besetzt hätte ... Was schreiben die Berliner Zeitungen?

ENGEL: Die deutsche Regierung wünscht nichts sehnlicher als den Frieden.

NAPOLEON: Schauen Sie im Börsenteil nach. Wie stehn die deutschen Rüstungsaktien?

ENGEL: Die deutschen Rüstungsaktien sind um zehn Punkte gestiegen.

NAPOLEON: Das genügt mir ... Was tut der Völkerbund?

ENGEL: Der Völkerhund hat einen neuen Tag im Kalenderjahr eingeführt.

ERANZISKUS: Welchem Heiligen zu Ehren?

ENGEL: Dem Frieden. Der Tag wird „Friedenstag" genannt.

FRANZISKUS: Amen.

NAPOLEON; Dann stehen wir vor dem Krieg!

FRANZISKUS: Aber lieber Napoleon, der Krieg ist geächtet. Die Regierungen haben es beschworen. Die Minister halten Friedensreden. Die Staaten schließen Friedenspakte.

NAPOLEON: Friedenspakte haben nur einen Sinn. Sie dienen der Vorbereitung neuer Kriege.

FRANZISKUS: Sie glauben nur an das Böse im Menschen.

NAPOLEON: Sie glauben nur an das Gute im Menschen.

FRANZISKUS: Als ich auf Erden gelebt habe, waren nicht alle Menschen gut, gewiß nicht. Sie sprachen vom Guten, aber sie handelten nicht gut. Reiche, die in Prunk und Luxus schwelgten, lobten die Armut. Prasser und Schlemmer lobten die Entbehrung. Snobs, die sich dem Leiden der Mitmenschen versperrten, lobten die Einsamkeit. Wenn ein Bettler zu einem Mann kam, der zehn Kleider im Schrank hatte, und er bat ihn um ein Kleid, den frierenden Körper zu wärmen, verschloß der Mann seinen Schrank und jagte den Bettler mit Hunden vom Hof. Meinen Zeitgenossen fehlte die Einsicht, das Wissen um das Gute, sie dienten dem Satan und verdarben die Seele. Das war vor vielen, vielen Jahrhunderten. Heute sind die Menschen besser, wissender, geworden. Gott hat ihnen manch schreckliche Geißel geschickt, sie zu belehren und auf den rechten Weg zu führen.

NAPOLEON: Von wem sprechen Sie?

FRANZISKUS: Auch Sie waren ein Bote des Allmächtigen, lieber Napoleon.

NAPOLEON: Ich kenne die menschliche Natur. Ich glaube nicht an das Friedensgeschwätz.

FRANZISKUS: Haben Sie nicht selbst in Ihren Memoiren geschrieben: Der Geist ist am Ende stärker als das Schwert.

NAPOLEON: Diesen Satz schrieb ich am Ende meiner Tage. Am Ende meiner Taten. Auf Sankt Helena.

FRANZISKUS: Ihre Biographen haben diesen Satz sehr ernst genommen.

FRANZISKUS: Bin ich verantwortlich für meine Biographen? Napoleon dachte am Morgen, Napoleon dachte am Mittag, Napoleon dachte am Abend. Wenn ich all die Gedanken gedacht hätte, die mir meine Biographen unterstellen, wäre ich nie zum Handeln gekommen. Der Handelnde denkt selten. Nein, ich glaube nicht an das Friedensgeschwätz. Wollen Sie einen gelehrten Deutschen hören, der Sein Leben lang die Gesellschaft und ihre Kämpfe studiert hat? Sie kennen doch Marx? Karl Marx? Er sitzt zwar in der Hölle, aber der Allmächtige (*kurz Orgelmusik.*) wird ihm auf eine Stunde Urlaub geben. Bitten wir ihn hierher.

FRANZISKUS: Karl Marx? Ich habe ein Buch von ihm gelesen. Wie hieß es doch? Das Kapital. Es hat mir eigentlich nicht gefallen. Nein, ich danke.

NAPOLEON: Dieselben Menschen, die heute den Frieden preisen, werden morgen den Krieg rühmen. Ja, wenn man für den Frieden sich schlagen könnte!

FRANZISKUS: Es sind viele Märtyrer für den Frieden gestorben.

NAPOLEON: Als Märtyrer, als Leidende. Nicht als Helden, als Männer der Tat. Von den Märtyrern erzählt die Geschichte, von den Helden erzählen Radio, Filme, Zeitungen. Die Jugend, die Frauen, träumen von Helden, nicht von Märtyrern. Der Mensch liebt das Abenteuer, den romantischen Wechsel. Diese Chance bietet der Friede nicht.

(*Leises Geläute von Glocken.*)

FRANZISKUS: Hören Sie?

NAPOLEON: Ich höre nichts.

FRANZISKUS: Vielleicht sind meine Ohren für diese Töne feiner. Überall auf Erden läuten Friedensglocken.

NAPOLEON: Ich bin trotzdem nicht bekehrt.

FRANZISKUS: Ihnen fehlt der Glaube.

NAPOLEON: Schließen wir eine Wette.

FRANZISKUS: Ich wette niemals, lieber Napoleon.

NAPOLEON: Wählen Sie sich die friedlichste Stadt auf Erden. Ich werde dorthin ein Telegramm aufgeben, der Krieg ist erklärt.

FRANZISKUS: Doch nicht ein gefälschtes Telegramm?

NAPOLEON: Es wäre nicht das erste, das ich in meinem Leben verschickt habe.

FRANZISKUS: Die Männer werden beten und sich weigern zu kämpfen. Die Mütter werden ihre Söhne verbergen.

NAPOLEON: Warten wir ab. Bestimmen Sie eine Stadt.

(*Napoleon geht zu einem Globus, dreht ihn, eine Spieluhr beginnt zu spielen.*)

NAPOLEON: London? Paris? Rom? ... Ich schlage Dunkelstein vor.

FRANZISKUS (*ist aufgestanden, blickt zum Globus auf dem „Dunkelstein" aufleuchtet*): Warum Dunkelstein?

NAPOLEON: Das ist ein kleines Land zwischen Spanien und Frankreich. Die Hauptstadt ist berühmt. Die Einwohner zahlen keine Kapitalabgaben. Ein Eldorado. Alle europäischen Kapitalisten verschieben ihr Geld nach Dunkelstein. Jedes Haus beherbergt zwei Banken. Sie werden mir zugeben, daß diese Stadt der Furcht vor dem Kriege alles verdankt.

FRANZISKUS: Leider.

NAPOLEON: Das Wort sollten Sie, wenn vom Frieden die Rede ist, nicht sagen, lieber Franziskus.

FRANZISKUS (*zum Engel*): Liebe englische Schwester, was geschieht in Dunkelstein?

ENGEL: Ich höre Stimmen. Eine große Demonstration. Man feiert den Frieden.

FRANZISKUS (*triumphierend*): Amen. Ich bin einverstanden.

NAPOLEON: Fräulein, schalten Sie den Fernsehapparat auf Dunkelstein ein.

(*Über dem Kamin, auf einer Wolkenwand wird Dunkelstein sichtbar. Man hört Chorgesang.*)

Das Friedenslied

Wir sind die Soldaten des Friedens,
Bataillone der neuen Armee.
Wir sind die Soldaten der Liebe
Auf dem Land, in der Luft, auf der See.

FRANZISKUS: Aber das Radio wird Ihr Telegramm Lügen strafen, und die Menschen werden an die Kriegserklärung nicht glauben.

NAPOLEON (*in der bekannten historischen Stellung, die rechte Hand im Westenschlitz*): Fräulein, die zentrale Störungsstelle!

ENGEL: Am Apparat.

NAPOLEON: Alle Sendestellen nach Dunkelstein stören.

ENGEL: Ist geschehen.

NAPOLEON: Einstellen! (*Prasselnde Geräusche, wie Granatenhagel.*)

NAPOLEON: Die Töne höre ich.

(*Dunkel.*)

Zweites Bild

Saal in Dunkelstein

(Der Saal ist nach beiden Seiten offen, so daß später die handelnden Personen nach rechts und links abgehen können. In der Mitte eine Tribüne. Vor der Tribüne ein Tisch. Über der Tribüne ein gerahmtes Plakat. Inschrift: Nie wieder Krieg! James *schmückt den Tisch mit einem schwarzen Tuch und einer umflorten Kerze.* Noah *tritt ein.)*

NOAH: Ist wer gestorben?

JAMES: Hier wird der Krieg begraben.

NOAH: So bist Du ein Leichengräber.

JAMES: Trottel!

NOAH: Bist Du ein Scheintotengräber? *(lacht.)*

JAMES: Lach nicht.

NOAH: Ist es zum Weinen?

JAMES: Scher Dich hinaus! Was suchst Du hier?

NOAH: Was wird der alte Noah schon suchen? Einen Frieden.

JAMES: Du glaubst wohl, Friede, das ist was zum Fressen?

NOAH: Ist Friede was zum Hungern?

JAMES: So seid Ihr. Ihr denkt nur ans Fressen. Fleisch und Brot und Wein.

NOAH: Wär garnicht schlecht. Aber ich glaubs nicht.

JAMES: Was glaubst Du nicht?

NOAH: Das mit einem Fleisch und einem Brot und einem Wein. An den Frieden glaub ich nicht.

JAMES: Ich habs gewußt.

NOAH: Freilich, lieber James.

JAMES: Was willst Du damit sagen? *(Äfft Noah nach.)* Freilich, lieber James, freilich, lieber James.

NOAH: Freilich, lieber James. Du bist der Kluge und ich bin der Dumme.

JAMES: Du Schandmaul sei vorsichtig. Ich hab eine Ehre.

NOAH: Reg Dich nicht auf. Wo ich eine Ehre nicht habe. Es könnte Dir schaden.

JAMES: Ihr verdient es garnicht, daß die Herren sich anstrengen und einen Frieden machen. Ihr hetzt ja doch weiter. Immer hetzt Ihr. Krieger seid Ihr. Geborene Krieger. Immer müßt Ihr wen bekriegen. Ihr gebt und gebt keine Ruh. Wenn Krieg ist, wollt Ihr Friede. Wenn Friede ist wollt Ihr Krieg. Weil Ihr nicht wißt was Ihr wollt.

NOAH: Du hast recht. Dein Herr weiß, was er will.

JAMES: Ihr verdient ihn garnicht, den Herrn von Laban. Der denkt immer nur an Euch und immer nur an Euch, und wie er Arbeit für Euch schafft und wie Ihr zu Eurem Gelde kommt, ganz blaß sieht er schon aus, der Herr von Laban, schlaflose Nächte hat er, der Herr von Laban.

NOAH: Wenns ihm zum Schlafen hilft, sag ihm, er soll nicht mehr an Noah denken. Ich bin auch ein Mensch. Ja, ja, Du darfst es mir glauben, ich bin kein Wolf, ich seh nur so aus. Ich tu nicht mehr arbeiten.

JAMES: Aus lauter Übermut, aus freien Stücken gibt der Trottel seine Arbeit auf.

NOAH: No, nicht ganz so freiwillig. Ich bin zu alt, verstehst Du. Ich hab dreißig Jahre arbeiten dürfen, das ist genug für unsereinen. jetzt tu ich betteln.

JAMES: Darum siehst Du so abgerissen, so zerlumpt aus.

NOAH: Das bringt so der Beruf mit sich, verstehst Du, das verlangen die Kunden. Wenn der Herr von Laban so aussähe, da würden ja die Kunden davonlaufen. Der Herr von Laban muß einen feinen Anzug tragen, einen sehr feinen Anzug.

JAMES: Ich könnte Dir ein paar in die Fresse schlagen.

NOAH: Das solltest Du tun. Dafür wirst Du bezahlt.

JAMES: Jetzt hetzt Du schon wieder!

NOAH: Ich bin halt ein Trottel.

JAMES: Daß Du es nur einsiehst.

(*James hinaus.*)

NOAH:

Noahs Lied

Weil der Mensch vom Affen abstammt
Will der Mensch nicht gleich sein,
Weil der Mensch eine Seele hat,
Will der Mensch auch reich sein.

Jedem hat das Schicksal seine Gaben,
In das Bett der Frau Mama gelegt,
Wer nichts hat, der soll nichts haben,
Wer viel hat, der hats mit Recht verdient.

Und so muß der eine eben,
Betteln und in Lumpen gehn,
Und der andre darf im Lichte leben
Darf die Welt von oben sehn.

Darum klag nicht, wenn Dein Magen
Knurrt bei Tage und bei Nacht,
Denn die Götter hassen Fragen,
Alles ist seit Anbeginn bedacht.

Weil der Mensch vom Affen abstammt,
Will der Mensch nicht gleich sein,
Weil der Mensch eine Seele hat,
Will der Mensch auch reich sein.

(*Herein marschiert mit Musik der Festzug. Voran* Robert, *dann* Laban,
dann Tomas, *dann Fahnenträger, dann Festgäste.*
Auf der Tribüne, Jakobo, James, Laban.)

LABAN: Meine Damen und Herren. Das Wort hat unser verehrter
Gast, der Delegierte des Völkerbundes, Herr Robert.
ROBERT:

Roberts Lied

Als die Menschen einst in Wäldern
Auf den Bäumen lebten, nackt und bloß
Keulenschwingend in den Feldern
jagten Löwen und das wilde Ruß,
Schlugen sie mit diesen Keulen
Auch den Nachbarn tot.
Und sie heulten, wie die Wölfe heulen,
Und es schien kein Morgenrot.

Erst zweitausend Jahr nach Christ
Ward der Mensch ein Pazifist.
Keine Rassen, keine Klassen,
Keine Völker, die sich hassen,
Weiße, Schwarze, Gelbe, Braune
Sind jetzt eine große Bruderschaft
Und die Menschheit lebt in guter Laune,
Denn der Krieg ist abgeschafft.

KINDERCHOR:

Das Friedenslied

Wir sind die Soldaten des Friedens
Bataillone der neuen Armee
Wir sind die Soldaten der Liebe
Auf dem Land, in der Luft, auf der See.

LABAN: Mitbürger! Unsere Worte sind keine leeren Worte. Ich verheirate meine eigene Tochter mit einem Ausländer, einem jungen Brasilianer, Herrn Jakobo.
(*Jubel der Menge.*)
LABAN: Sprechen Sie ein paar Worte, Jakobo. Das Volk will es.
JAKOBO: Herr Vorsitzender. Liebe Dunkelsteiner. Mir ist die Gabe zu reden nicht gegeben. Ich kam als ein Fremder in dieses Land. Aus dem fernen Brasilien. Ich bin ein Sohn der Pampas. Ich sah die Tochter Ihres verehrten Mitbürgers, des Herrn von Laban. Ich liebte sie. Ich warb um sie. Rahel hat mich erhört. Ich werde sie heiraten. Ich werde sie immer lieben. Es lebe die Liebe! Es lebe der Friede!
MENGE: Hurra!
(*Der Kinderchor singt unter Leitung Tomas das Friedenslied.*)
LABAN: Sichtbar wollen wir ihn ächten, den Krieg. Einen Eid wollen wir schwören, daß wir ihn ächten, den Krieg. Mit diesem Tag beginnt ein neuer Tag in der Geschichte der Völker. Ein Völkertag. Ein Friedenstag. Was an ihn erinnert, den Krieg, soll geopfert werden dem Frieden. Opfert, opfert, riefen die alten Priester! Opfert, opfert, rufe ich!
(*Vor dem Tisch, der vorne an der Bühne steht tritt.*)

EINER: Ich opfere meine Kriegsuniform.
(*Legt seine Uniform auf den Tisch.*)
NOAH (zu James): Das war ein sauberer Mann. Der hat seine Uniform sauber gehalten.
JAMES: Er war Kriegsminister.
NOAH: Es wäre eine Schande gewesen, wenn eine so saubere Uniform im Schützengraben verdreckt wäre.
ANDERER: Ich opfere meine Kriegsorden.
ANDERER: Ich opfere meine Gasmaske.
ANDERER: Ich opfere die Bücher, die den Krieg preisen und verherrlichen. Sie haben unsere Köpfe verdunkelt und unsere Herzen verdorben. Es waren billige Bücher. Es waren teure Bücher.
ANDERER: Ich opfere meinen Säbel.
ANDERER: Ich opfere mein Gewehr.
ANDERER: Ich opfere die Kriegsanleihe.
NOAH: Jetzt glaub ichs.
JAMES: Was glaubst Du?
NOAH: Daß der Krieg kein Geschäft ist.
LABAN: Und was opferst Du, Noah?
JAMES: Er will nichts opfern, Herr von Laban.
LABAN: Noah!
NOAH: Was kann ich schon opfern, Herr von Laban? Ich war im Krieg, und die Kugel hat mir eine Lunge zerschossen. Ein Herr Militärarzt hat meine Kugel gestohlen. Als Kriegsandenken für seine Kinderchen. Die Lunge hat er mir auch gestohlen.
LABAN: Hinaus mit dem Friedensstörer!
(*James wirft Noah hinaus.*)
TOMAS: Ihr seid an der Reihe, Kinderchen.
1. KIND: Ich opfere meine Bleisoldaten!
2. KIND: Ich opfere meine Kanonen!
BEIDE KINDER: Nie wieder Krieg!
ALLE: Nie wieder Krieg!
LABAN: Wir schwören!
ALLE: Wir schwören!
TOMAS (*zu den Kindern*): Hierher, Kinder.
1. KIND (*weinend*): Ich will meine Bleisoldaten wieder haben!
2. KIND (*weinend*): Ich will meine Kanonen wieder haben!
TOMAS: Morgen in der Schule. Haue bekommt Ihr!

LABAN: Laßt uns fröhlich sein, Mitbürger. Die Stadt Dunkelstein zahlt das Bier.

(*Kapelle spielt zum Tanz auf. Musik des Friedensliedes [Walzertakt].*)

RAHEL (*tanzend zu Jakobo*): Du hast wundervoll gesprochen. Du warst der beste Redner.

JAKOBO: Ich habe von Dir gesprochen.

(*Gruppe*)

DER DICKE: Herr von Laban, Sie sind ein Meister des Wortes.

DER KLEINE: Der Delegierte des Völkerbundes war eine Puppe gegen Sie, eine Mascotte.

DER DICKE: Sie haben aus der Seele gesprochen.

DER KLEINE: Ein kluger Sprecher ist kein Redner.

DER DICKE: Ein Sprecher mit Seele ist ein Redner.

DER KLEINE: Die Frauen haben geweint.

DER DICKE: Sie haben einen großen Sieg erfochten.

DER HAGERE: Wenn Sie ein offnes Wort lieben, Herr von Laban, etwas hat mir nicht gefallen. Warum haben Sie geschworen? Man soll nichts verschwören.

LABAN: Ein Friede ohne Schwur?

DER HAGERE: Alles ist relativ. Auch der Friede.

DER DICKE: Herr von Laban hat gewiß nicht an den Frieden um jeden Preis gedacht.

LABAN: Wann ist der Friede zu teuer meine Herren?

DER HAGERE: Ein Kreuzworträtsel. Ich liebe Kreuzworträtsel. Wenn der Krieg billiger ist.

LABAN: Wann ist der Krieg billiger?

DER HAGERE: Wenn der Friede zu teuer ist.

(*Gelächter.*)

RAHEL (*tanzend*): Wirst Du immer von mir sprechen?

JAKOBO: Ich liebe Dich.

RAHEL: Wirst Du mich auch lieben, wenn wir verheiratet sind?

JAKOBO: Ewig.

RAHEL: Ich werde sterben, wenn Du mich nicht mehr liebst.

(*Gruppe*)

LABAN: Auch der Friede hat seine Vorteile.

DER HAGERE: Zu gewissen Zeiten.

LABAN: Ich denke nicht nur an den äußeren Frieden.

26

DER HAGERE: Vom Friede der Seele zu sprechen, überlassen Sie Priestern und Dichtern, wir sind Geschäftsleute.
LABAN: Ich meine den sozialen Frieden.
DER DICKE: Wir werden ihn halten.
DER KLEINE: Werden die Arbeiter ihn halten?
EMIL (*tanzend*): Ich bin gegen alles. Ich war Soldat.
FRAU LABAN: Wenn einer den Frieden lieben sollte, müssen Sie es sein, Herr Emil.
EMIL: Weil ich einen Friseursalon habe? Weil meine Kunden Männer sind?
FRAU LABAN: Ist das kein Grund?
EMIL: Für mich, nein.
FRAU LABAN: Sie sind ein Idealist, Herr Emil.
TOMAS (*zu Laban*): Ein schönes Fest. Freude durch Frieden. Friede durch Freude. Wie hat Ihnen mein Friedenslied gefallen, Herr von Laban.
LABAN: Es entspricht Ihren großen Talenten.
TOMAS: Nicht jeder konnte das Lied schreiben, nicht jeder. Talent genügt nicht. Charakter! Charakter! Ich bin ein alter Pazifist.
(*An der Tür Tumult.*)
JAMES: Ich sag Dir zum letzten Mal, scher Dich hinaus!
NOAH: Mein Freibier will ich haben.
JAMES: Ich rufe die Polizei.
NOAH: Mein Freibier.
JAMES: In solchen Kleidern kannst Du kein Freibier haben.
NOAH: Alle bekommen Freibier.
JAMES: Alle, das sind die anständigen Leute, die friedlichen Bürger, die arbeiten und Steuern zahlen, die wissen, was sich gehört und nicht herumlaufen und herumlungern. Alle? Dazu gehörst Du nicht.
NOAH: Da hast Du wieder recht.
JAMES (*gibt Noah eine Ohrfeige*): Alle willst Du sein? Da hast Du Dein Freibier.
EMIL (*tanzend*): Rahel, ich muß Sie sprechen.
RAHEL: Warum Sprechen Sie nicht?
EMIL: Ich muß Sie allein sprechen. Gehen wir in den Garten.
RAHEL: Im Garten ist es mir zu kalt.
EMIL: Ich habs Ihnen nicht zugetraut.
RAHEL: Daß ich zu Erkältungen neige?

EMIL: Daß Sie sich verheiraten.

RAHEL: Es soll bei Mädchen meines Alters vorkommen.

EMIL: Daß Sie einen Ausländer heiraten ... Rahel, ich bin nicht glücklich.

RAHEL: Das tut mir leid.

EMIL: Ich bin einsam. Ich liebe.

RAHEL: Wie schön.

EMIL: Es könnte schön sein. Ich wäre der glücklichste Mensch. Eine Dunkelsteinerin heiratet keinen Ausländer.

RAHEL: Gerade heute kommen Sie damit. Einen Tag vor meiner Hochzeit?

EMIL: Seit sieben Jahren werbe ich um Sie.

RAHEL: Seit sieben Jahren wissen Sie, daß ich Sie nicht liebe.

EMIL: Gefalle ich Ihnen nicht? Ich bin nur ein einfacher Friseur.

RAHEL: Sie gefallen mir als Mann nicht, damit müssen Sie sich abfinden.

EMIL: Niemals.

RAHEL: Herr Emil, Sie langweilen mich.

EMIL: Rahel, Sie kennen mich nicht.

RAHEL: Kein Bedürfnis, Herr Emil.

(*Emil davon.*)

MALE: Er ist so ein schöner Mann der Herr.

RAHEL: Du auch, alte Male?

MALE: Die Augen!

RAHEL: Aber Male!

MALE: Die Stimme!

RAHEL: Für den Mann schwärmst Du?

MALE: Alle Frauen schwärmen für ihn.

RAHEL: Ich nicht.

MALE: Du lügst.

RAHEL: Ich schwöre es.

MALE: Schweig! Wenn er das gehört hätte!

RAHEL: Er soll es hören.

MALE: Habt Ihr Euch gezankt? ... Nimm es nicht so schwer, Kind, Männer sind so. Mein Mann hat mich eine Stunde vor der Hochzeit eine Fledermaus geheißen. Denk Dir eine Fledermaus! Erst wollte ich ihm den Myrtenkranz vor die Füße weifen und den Verlobungsring dazu. Dann hab ich geheult und bin ihm um den Hals gefallen.

28

Dann haben wir geheiratet. Dann sind wir glücklich geworden. Dann, wenn er am glücklichsten war, hat er gesagt: Fledermaus!

RAHEL: Was hat Deine Hochzeit mit Herrn Emil zu schaffen?

MALE: Wer spricht von Herrn Emil? Ich hab von Herrn Jakobo gesprochen.

RAHEL: Ist er nicht der schönste, beste, süßeste Mann? Komm, Male, wir gehen gleich zu ihm und sagen ihm, daß er eine Fledermaus ist. (*James herein.*)

JAMES: Herr von Laban! Herr von Laban!

LABAN: Was gibt es?

JAMES: Ein Blitztelegramm.

LABAN (*liest es*): Unglaublich!

DER DICKE: Was ist geschehen?

LABAN: Eine schreckliche Nachricht.

DER KLEINE: Trauerfall in der Familie?

LABAN: Schrecklicher.

DER HAGERE: Börsensturz?

LABAN: Meine Herren, der Krieg ist erklärt.

DIE DREI: Der Krieg?

LABAN: Der Krieg.

DER HAGERE: Da haben wirs. Ich sagte Ihnen, Sie hätten nicht schwören dürfen.

LABAN: Mitten im Frieden.

DER HAGERE: So ist es. Der Krieg bricht mitten im Frieden aus.

DER DICKE: Ich hab dem Frieden nie getraut. Es war zuviel Friede.

LABAN: Wer konnte es ahnen? Es war nichts geschehen.

DER KLEINE: Wenn nichts geschieht, ist etwas geschehen.

LABAN: Wir haben uns furchtbar blamiert.

DER HAGERE: Im Gegenteil! Wir haben unseren Friedenswillen feierlich bekundet. Jetzt erst begreife ich den Sinn des Friedenstages.

DER DICKE: Wer hat den Krieg erklärt?

LABAN: Davon steht nichts im Telegramm.

DER HAGERE: Meine Herren, es gibt stets mehr Gründe für den Krieg, als für den Frieden. Vielleicht braucht Spanien unsere Petroleumfelder, vielleicht brauchen wir Spaniens Kohlenfelder.

DER KLEINE: Vielleicht brauchen wir garnichts. Vielleicht haben wir zuviel.

DER DICKE: Wir ersticken an Korn und Wein und Kohlen.

LABAN: Ich muß das Telegramm bekannt geben. Was wird das Volk sagen!

DER HAGERE: Der erste Kanonenschuß ist lauter als die lauteste Volkstimme.

LABAN: James!

(*James kommt.*)

Musik soll aufhören.

JAMES: Jawohl, Herr von Laban.

DER DICKE: Ich habe gute Verbindungen mit Singapore. Ich werde unsere Interessen in Singapore vertreten.

DER KLEINE: Ich fliege sofort nach Persien. Ich kenne den Schah von Persien persönlich.

DER HAGERE; Man muß das Rechte zur rechten Zeit tun.

Trio:

TRIO

Man muß das Rechte
    zur rechten Zeit tun.
Wenn es Zeit ist zu sparen,
    spar nicht des Nachbarn Geld.
Wenn es Zeit ist zu jagen,
    jag in des Nachbarn Feld.
Wenn es Zeit ist zum Kriege,
    sag der Feind ist schuld,
Wenn es Zeit ist zum Frieden,
    trag es mit Geduld.
Denn der Schnee schneit, wenn es kalt ist,
    Und die Rosen blühn im Mai,
Und ein Holz fällt, wo ein Wald ist,
    Und der Friede geht vorbei.
Man muß das Rechte
    zur rechten Zeit tun.

(*Musik bricht jäh ab. Menge strömt zur Tribüne. Auf der Tribüne Laban.*)

LABAN: Meine Damen und Herren! Fassen Sie sich! Es ist etwas Schreckliches geschehen. Der Krieg ist erklärt.

NOAH: Nieder der Krieg!

(*Robert eilt auf die Tribüne.*)
ROBERT: Das ist eine Parole für den Frieden! Ich reise sofort nach Genf. Zum Völkerbund. Die Bürger dieser Stadt werden ihre Pflicht tun. Ich tue die meine. Der Völkerbund wird dafür sorgen, daß dieser Krieg der letzte Krieg sein wird. Es lebe der letzte Krieg!
(*Robert hinaus.*)
LABAN: Hier steht es schwarz auf weiß. „Krieg 27778".
RUF: Was bedeutet 27778?
LABAN: Die bürgerliche Regierung demissioniert. Die Führung übernimmt ...
(*Lautes Gemurmel, in dem die Stimme Labans untergeht.*)
(*Gruppe*)
RAHEL: Unsere Hochzeit. Ach Jakobo.
JAKOBO: Vielleicht bleibt Brasilien neutral.
(*Gruppe*)
DER DICKE (*zu seiner Frau*): Was sagst Du? Man wird unser Gold beschlagnahmen? Unser Gold liegt bei der Anglo Bank in China.
TOMAS (*hinzu*): Meine Friedenshymne! Meine schöne Friedenshymne!
DER KLEINE: Wir müssen alle unsere Betriebe umstellen.
DER DICKE: Ich habe Pflüge geschmiedet. Ich werde Granaten schmieden.
TOMAS: Ich kann mich nicht umstellen. Ich bin ein Dichter.
DER HAGERE: Warum nicht? Setzen Sie überall, wo das Wort Friede steht, das Wort Krieg ein.
TOMAS: Es war eine Hymne auf den Frieden.
DER DICKE: Was liegt am Inhalt. Nur die Form ist entscheidend. Die Form ist das Ewige.
TOMAS: Da haben Sie eigentlich recht. Aber der Rhythmus, die Musik?
DER DICKE: Marschtempo!
TOMAS: Großartig! (*hinaus.*)
EMIL (*auf der Tribüne*): Meine Damen und Herren! In dieser schweren Stunde übernehme ich die Führung, in dieser großen Stunde unseres Vaterlandes. Wir haben dem Frieden gedient. Der Feind will den Krieg. Der Feind soll ihn haben.
RUF: Wer ist der Feind?
(*Emil beugt sich zu Laban, Laban weist auf das Telegramm.*)

EMIL: Der Feind ist … Der Erbfeind!
(*Musik. Das Friedenslied im Marschtempo. Zur Tribüne* Tomas *mit den Kindern.* Tomas *gibt ein Zeichen. Kinderchor.*)

Das Kriegslied

Wir sind die Soldaten des Krieges
Bataillone der neuen Armee.
Wir sind die Soldaten des Sieges
Auf dem Land, in der Luft, auf der See.

EMIL: jetzt, Kinderchen, dürft Ihr wieder mit Bleisoldaten spielen.
(*Kinder stürzen zum Tisch. Holen Bleisoldaten und Kanonen.*)
EMIL: Die Herren, die in Unkenntnis der Lage ihre ehrwürdigen Kriegsandenken geopfert haben, mögen sie zurückholen … zum Ruhm, zur Ehre, zum Siege des Landes Dunkelstein.
(*Gedränge am Tisch.* James *teilt Uniformen, Säbel, Gewehre usw. aus.*)
EMIL: Bitte, Herr Doktor.
(*Parade vor dem Arzt mit leiser Musikbegleitung.*)
DOKTOR: K.V. K.V. K.V. K.V. K.V.
FRAU LABAN (*zu Laban*): Trink starken Kaffee.
LABAN: Wird mir das helfen?
FRAU LABAN: Dein Herz wird toben, und der Arzt wird glauben, Du hast einen chronischen Herzfehler.
LABAN: James, rasch drei Mokka double.
EINER (*vorm Doktor*): Ich habe nur ein Bein.
DOKTOR: Bombenwerfer im Flugzeug. K.V.
ANDERER: Ich bin blind.
EMIL: Jeder darf das Vaterland beschützen.
DOKTOR: Horchposten gegen feindliche Geschwader.
DOKTOR:

Das K.V. Lied

Jeder darf den Staat beschützen,
Sei er blind, taub oder stumm,
Humple er auf Krücken, Stützen,

Jung und alt, klug oder dumm,
Zwischen Front und Heimat alle
Mann und Mädchen, Kind und Frau,
Selbst das Pferd in seinem Stalle
Schreibe ich K.V. K.V.

(Alle hinaus, bis auf Laban und Frau Laban.)

FRAU LABAN: Was wird mit Deiner Konservenfabrik?
LABAN: Sie wird florieren. Konserven sind kriegswichtig. James!
JAMES: Herr von Laban?
LABAN: Trag diesen Brief zum Prokuristen.
(James davon.)
FRAU LABAN: Er ist krank.
LABAN: Niemand hat im Krieg krank zu sein. Er soll alles Fleisch und Gemüse aufkaufen.
(Rahel hinzu.)
RAHEL: Was wird mit meiner Hochzeit, Mutter?
(Emil hinzu.)
FRAU LABAN: Was wird mit Rahels Hochzeit, Herr Emil?
EMIL: Hochzeiten mit Ausländern sind verboten.
RAHEL: Sie wollen mir meine Hochzeit verbieten?
EMIL: Ich? Wo denken Sie hin?
RAHEL: Eben haben Sie es gesagt.
EMIL: Ich bin nicht mehr ich. Niemand ist mehr er. Vielleicht führen wir gegen die Landsleute des Herrn Jakobo Krieg. Dann wäre diese Hochzeit, wenn sie stattfände, Landesverrat.
RAHEL: Ich darf nicht lieben, wen ich will?
EMIL: Im Frieden. Es ist Krieg.
RAHEL: Ich pfeife auf Euren Krieg.
EMIL: Herr Laban, Sie sind der Vater.
                    (Gruppe)
LABAN: Sei vernünftig, Kind.
RAHEL: Ist es Unvernunft, der Stimme des Herzens zu folgen?
LABAN: Der Stimme des Herzens zu folgen, ist schon im Frieden ein schlechtes Geschäft. Im Krieg ist es Bankrott.
RAHEL: Vor kaum einer Stunde hast Du, gerade Du …
FRAU LABAN: Nimm Rücksicht auf den Vater.

RAHEL: Wer nimmt Rücksicht auf mich? Warum soll falsch sein, was eben recht war, böse sein, was eben gut galt, Verrat heißen, was eben Treue hieß?

FRAU LABAN: Willst Du uns alle ruinieren?

RAHEL: Ich will glücklich sein.

FRAU LABAN: Ach, daß Du ein Mädchen bist.

RAHEL: Hättest Du lieber einen Sohn?

FRAU LABAN: Wenn Du es hören willst, ja.

RAHEL: Du würdest ihn herzlos, fühllos in den Krieg ziehen lassen?

FRAU LABAN: Ich würde trauern, aber ich wäre stolz.

RAHEL: Stolz, worauf?

FRAU LABAN: Daß ich eine Mutter bin.

RAHEL: Jakobo!

(Jakobo hinzu.)

RAHEL *(zu Jakobo)*: Wir reisen fort. Gleich. Nach Australien.

JAKOBO: Nach Australien?

RAHEL: Wo Friede ist.

JAKOBO: Sei vernünftig, Rahel.

RAHEL: Ich will nicht vernünftig sein. Was geht uns der Krieg an!

JAKOBO: Ich bin militärpflichtig. Wenn nun Brasilien gegen Dunkelstein kämpft?

RAHEL: Dunkelstein! Brasilien! Hier bin ich, Rahel. Dort bist Du, Jakobo. Ich liebe Dich. Du liebst mich. Was hat unsere Liebe mit Dunkelstein, was hat unsere Liebe mit Brasilien zu tun?

JAKOBO: Ich muß mich bei der Gesandtschaft melden.

RAHEL: Ich hasse Euch! Alle! Dich auch!

(Rahel hinaus. Die andern bis auf Emil folgen.)

EMIL: James!

(James herein.)

EMIL: Wo ist der Gefreite Noah?

JAMES: Draußen. Er weigert sich, die Gasmaske zu nehmen.

EMIL: Herein mit ihm!

(Noah herein.)

EMIL: Du wirst meine Ordonnanz. Du warst Gefreiter im Krieg.

NOAH: Es war ein Mißverständnis, Herr Emil.

EMIL: Du wirst in den Krieg ziehen.

NOAH: Ich werde nicht in den Krieg ziehen.

EMIL: Du willst nicht in den Krieg ziehen?

NOAH: Nein.

EMIL: Warum willst Du nicht in den Krieg ziehen?

NOAH: Weil ich eine Angst habe.

EMIL: Was hast Du?

NOAH: Eine Angst.

EMIL: Du bist verrückt.

NOAH: Ich kann das Schießen nicht leiden. Ich habe eine Angst.

EMIL: Wer hat Dich aufgehetzt? Die Kommunisten? Alle Kommunisten verhaften!

NOAH: Ich habe eine Angst.

EMIL: Ich laß Dich einsperren.

NOAH: Bis der Krieg zuende ist?

EMIL: Bei Wasser und Brot.

NOAH: Aha, jetzt wollen Sie mich bestechen.

EMIL: In einer Dunkelzelle.

NOAH: Hinter Euren Gasmasken muß es auch schön dunkel sein.

EMIL: Hinaus mit Dir!

NOAH: Bitte, sperren Sie mich ein.

EMIL: Hinaus!

NOAH: Sie haben es mir versprochen.

EMIL: Hinaus!

(*James wirft Noah hinaus.*)

NOAH: Ich geh vor Gericht. Ich verklage Sie. Ich will ins Gefängnis.

EMIL: Tomas!

TOMAS: Bitte.

EMIL: Haben Sie gedient?

TOMAS: Leider.

EMIL: Leider ja?

TOMAS: Leider nein, Herr Emil.

EMIL: Sagen Sie nicht immer Herr Emil, sagen Sie mein Kommandant.

TOMAS: Jawohl mein Kommandant.

EMIL: Können Sie schreiben?

TOMAS: Aber Herr … mein Kommandant, das wissen Sie doch.

EMIL: Garnichts weiß ich.

TOMAS: Mein Kommandant sollte nicht soviel trinken.

EMIL: Was heißt das?

TOMAS: Gerade heute wo Krieg ist.

EMIL: Zum Teufel, wer ist betrunken?

TOMAS: Ich gewiß nicht.

EMIL: Etwa ich?

TOMAS: Würden Sie mich sonst fragen, ob ich schreiben kann?

EMIL: Ich frage Sie militärisch.

TOMAS: Ist das ein Spiel für Kinder?

EMIL: Schluß mit dem Zivilgeschwätz. Antworten Sie als Soldat.

TOMAS: Ich kann gehorsamst schreiben.

EMIL: Wozu haben Sie es gebracht?

TOMAS: Ich bin Lehrer.

EMIL: Das zählt nicht.

TOMAS: Ich bin Familienvater. Ich bin ein ehrlicher Bürger. Ich zahle meine Steuern.

EMIL: Das zählt nicht.

TOMAS: Gestern hat es gezählt.

EMIL: Gestern! Heute zählen andre Verdienste. Sie haben es nicht einmal zum Unteroffizier gebracht.

TOMAS: Nein, mein Kommandant.

EMIL: Traurig. Ich ernenne Sie zum Minister für Propaganda und Volksaufklärung und zum Leiter der Gegenspionage ... Hören Sie?

TOMAS (*lauscht*): Die Hunde bellen.

EMIL: Aber sie bellen anders als in friedlichen Nächten. Hier stimmt etwas nicht.

(*Male herein.*)

MALE: Lieber Herr Emil! Lieber Herr Emil!

Ich komme nach Hause, ich ziehe mich aus, im Dunkeln, wie Sie befohlen haben, ich sage meinem Napoleon, kusch, Napoleon, sage ich, Napoleon gehorcht nicht, Napoleon knurrt, ich binde Napoleon ans Bett, er schläft nämlich immer in meinem Bett.

EMIL: Napoleon?

MALE: Napoleon.

EMIL: Wer ist Napoleon?

MALE: Sie kennen Napoleon nicht?

EMIL: Ich wußte nicht, daß Ihr Liebhaber Napoleon heißt und noch weniger, daß Sie eine gewalttätige Natur sind.

MALE: Sie sind ein Schwein.

EMIL: Wie alt ist Napoleon? Ist er dienstpflichtig? Warum schläft Napoleon bei Ihnen? Warum bewacht er nicht wie die anderen jungen Männer unsere Heimat?

MALE: Napoleon ist kein Mann.

EMIL: Kein Mann? Etwa eine Frau? Das erzählen Sie so öffentlich?

MALE: Mein Pudel heißt Napoleon.

EMIL: Sprechen Sie weiter.

MALE: Napoleon will und will keine Ruhe geben. Mir wird unheimlich. Napoleon, sag ich und spring aus dem Bett. Napoleon heult, daß Gott erbarm, da lauf ich ans Fenster und will um Hilfe rufen. Wen seh ich?

EMIL: Wen?

MALE: Einen fremden Mann. Einen Spion.

EMIL: Haben Sie vorher sonderbare Geräusche gehört?

MALE: Ich verstehe nicht.

EMIL: Propellergeräusche? Einen Aeroplan?

MALE: Wenn ich mirs überlege, ... ja.

EMIL: Gut ich danke.

(*Male hinaus.*)

EMIL (*zu Tomas*): Dieser Spion muß gefangen werden. Tot oder lebendig.

TOMAS: jawohl, mein Kommandant.

(*Tomas hinaus. Wachen bringen Rahel gefesselt.*)

EMIL: Rahel!

RAHEL (*schweigt.*)

EMIL: Was hat die Gefangene getan?

WACHE: Sie ist durch die Straßen gerannt, hat das Neue Testament verteilt und hat gerufen: Nie wieder Krieg!

EMIL: Das ist Hochverrat. Wissen Sie das?

RAHEL (*schweigt.*)

EMIL: Fesseln abnehmen.

(*Wachen nehmen Rahel die Fesseln ab. Emil gibt den Wachen ein Zeichen, sie gehen.*)

EMIL: Was haben Sie getan?

RAHEL: Ich habe gerufen, was dort auf dem Plakat geschrieben steht.

EMIL: Dort auf dem Plakat? ... James!

(*James herein.*)

EMIL: Nehmen Sie das Plakat ab.

JAMES: Man muß es nur umdrehen.

(James geht schweigend zum Plakat, dreht es um. Inschrift: Es lebe der Krieg!)

RAHEL: Die Gebote Gottes, sind nicht doppelzüngig.

EMIL: Was soll ich mit Ihnen tun?

RAHEL: Lassen Sie mich erschießen, wenn Sie den Mut haben.

EMIL: Rahel, Sie spielen.

RAHEL: Ich habe nicht gespielt.

EMIL: Sie sind ein Kind.

RAHEL: Als Kind habe ich ein Gebot gelernt: Du sollst nicht töten.

EMIL: Rahel, vergessen wir, daß Sie mich verhöhnt haben, und daß ich unglücklich war. Ich bin nicht arm. Ich habe hunderttausend Franken gespart. Ich besitze schon heute den größten Friseursalon der Stadt. Ich werde mein Geschäft vergrößern. Ich werde einen Salon für Damen eröffnen. Rahel, ich liebe Sie, ich dürfte Sie nicht mehr lieben, ich liebe Sie trotzdem, wir werden sagen, daß Sie Ihre Nerven verloren haben, Rahel, heiraten Sie mich!

RAHEL: Ein knieender Diktator. Lächerlich. Lassen Sie mich los, oder ich schreie.

EMIL: Sie wollen Ihr Unglück.

RAHEL: Euer Glück, ist aller Unglück.

EMIL: Wachen!

(Wachen hinein. Emil gibt Wachen ein Zeichen. Wachen mit Rahel hinaus. Tomas herein.)

TOMAS: 53 Spione sind verhaftet.

EMIL: Gut. Die Ausländer?

TOMAS: Verhaftet.

EMIL: Gut. Jakobo?

TOMAS: Verhaftet.

EMIL: Gut.

TOMAS: Ein Spion verbirgt sich in den Kornfeldern rings um Dunkelstein.

EMIL: Werden die Felder durchsucht?

TOMAS: Ich habe befohlen, alle Kornfelder abzubrennen. Sie wurden mit Petroleum bespritzt und angesteckt.

EMIL: Die Feuerwehr soll aufpassen, daß niemand den Brand löscht.

(Vorhang.)

Drittes Bild

Olympische Scene

(*Napoleon geht auf und ab. In der Ecke vor seinem Tisch der Engel.*)

NAPOLEON: Fräulein, wie heißen Sie? Ich vergesse immer Ihren Namen?

ENGEL: Wir einfachen Engel haben keinen Namen, Majestät.

NAPOLEON: Keinen Namen? Das können Sie ertragen?

ENGEL: Es ist Gottes Wille, Majestät.

NAPOLEON: Und Sie sind glücklich?

ENGEL: Ich bin selig, Majestät.

NAPOLEON: Unbegreiflich. Was ist Ruhm ohne Namen?

ENGEL: Gott allein gebührt Ruhm, und Gott ist namenlos.

NAPOLEON: Liebes Fräulein, wer einzig ist, kann es sich leisten, namenlos zu sein.

(*starkes, kurzes Donnern.*)

ENGEL (*nach oben weisend*): Majestät!

NAPOLEON: Ich bin ja schon ruhig … Als zehnjähriger Knabe träumte ich davon, daß die Nachwelt meinen Namen kenne. Ohne Ehrgeiz und Ruhmsucht wäre die Geschichte Europas langweilig. Die Bourbonen würden noch heute in Frankreich regieren, die Schlacht an den Pyramiden wäre nie geschlagen. Jena wäre eine Stadt, von der die Kinder bestenfalls lernten, daß dort ein gewisser deutscher Dichter namens Schiller gelebt habe.

ENGEL: Auch der Name Waterloo wäre den Kindern unbekannt.

NAPOLEON: Sie sind Engländerin?

ENGEL: Ich bin ein Engel, Majestät.

NAPOLEON: Wie hießen Sie auf Erden?

ENGEL: Ich war ein Mensch, einer von Milliarden Sterblichen.

NAPOLEON: Welchen Beruf hatten Sie?

ENGEL: Ich habe es vergessen. Die Erde war eine Station. Ich bin am Ziel.

NAPOLEON: Sie sind also wunschlos glücklich?

ENGEL (*schweigt.*)

NAPOLEON: Aha!

ENGEL: Ja, ich habe einen Wunsch.

NAPOLEON: Einen Namen?

ENGEL: Ich kam im Jahre 1100 in den Olymp. Man trug damals etwas große Flügel, wie Sie sehen. Wenn ich kleine, moderne Flügel bekäme, wäre ich wunschlos glücklich … Entschuldigen Sie, ich werde am Telephon verlangt.

(*Franziskus herein.*)

FRANZISKUS: Welch eine Hitze! Welch ein Rauch!

NAPOLEON: Die Dunkelsteiner brennen ihre Kornfelder ab. Zu meiner Zeit zerstörte der Feind die Felder. Die Strategie hat gewechselt.

FRANZISKUS: Das ist ja furchtbar! Gottes Brot wird sinnlos zerstört!

NAPOLEON: Das soll sogar im Frieden vorkommen. Brot ist billig, darum heißt es nicht mehr Gottes Brot.

FRANZISKUS: Verhungern nicht in jedem Jahr tausende von Menschen.

NAPOLEON: Sie haben Ihre Wette verloren.

FRANZISKUS: Ich habe nicht gewettet, lieber Napoleon. Ich habe eine schlimmere Sünde begangen. Ich habe mit den dunklen Kräften der menschlichen Seele gespielt.

NAPOLEON: Jedenfalls ist der Krieg im schönsten Gange.

FRANZISKUS: Triumphieren Sie nicht zu früh. Die Menschen werden bald zur Besinnung kommen.

NAPOLEON: Die einzige Pazifistin sitzt im Gefängnis.

FRANZISKUS: Das arme Kind.

NAPOLEON: Eine einfältige Pazifistin. Eine Pazifistin aus Liebe.

FRANZISKUS: Was wissen Sie von der Kraft der Liebe?

NAPOLEON: Man wird Rahel erschießen, man wird Jakobo erschießen. Man wird die Spione erschießen.

FRANZISKUS: Aber sie sind unschuldig!

NAPOLEON: Was wissen Sie vom Krieg, lieber Franziskus. Die Frage der Schuld ist im Krieg belanglos. Man erschießt aus Gründen der Nützlichkeit. Erschießungen heben die Volksstimmung.

FRANZISKUS: Wir werden das Kriegstelegramm dementieren.

NAPOLEON: Die Echtheit des Telegramms ist belanglos. Man glaubt einer Nachricht nicht, weil sie wahr ist, sondern weil man ihr glauben will. Wahrheit ist ein Luxus. Nur einige unzufriedene Intellektuelle kämpfen für die Wahrheit.

FRANZISKUS: Die Zahl ist nicht entscheidend. Ein Mensch im Besitz der Wahrheit, ist unbesieglich. Der Geist ist mächtiger als die Gewalt.

NAPOLEON: Das Volk liebt die Gewalt, nicht den Geist.

FRANZISKUS: Das Volk liebt die Freiheit.

NAPOLEON: Nicht einmal die Illusion der Freiheit. Das Volk will eine starke Hand fühlen und seinen Geschäften nachgehen. Die Politik überläßt es seinen Führern.

FRANZISKUS: Sie vergessen, daß wir im Zeitalter der Demokratie leben, lieber Napoleon.

NAPOLEON: Demokratie? Die Herrschaft der Mittelmäßigen. Das Volk will Helden verehren. Fehlen die Helden, werden sie erfunden.

FRANZISKUS: Diese Lehre ist mir nicht unbekannt. Man nennt sie, glaube ich, heute Faschismus.

NAPOLEON: Alle großen Männer der Geschichte haben sich dieser Lehre bedient.

FRANZISKUS: Wer sagt denn, daß diese Männer groß waren?

NAPOLEON: Die Mitwelt und die Nachwelt.

FRANZISKUS: Wer ist die Mitwelt?

NAPOLEON: Die öffentliche Meinung.

FRANZISKUS: Ihre öffentliche Meinung war eine Zeitung, die Moniteur hieß und von einem gewissen Polizeipräsidenten Fouché dirigiert wurde, wenn ich mich nicht irre ... Wer ist die Nachwelt?

NAPOLEON: Die Bücher der Geschichte.

FRANZISKUS: Geschichtsbücher sind die einfältigsten Reklamejournale der Sieger. Die Opfer schweigen ... Die großen Männer sind das Unglück der Menschheit, scheint mir.

NAPOLEON: Sind die kleinen ihr Glück?

FRANZISKUS: Die Ärmsten der Armen, die säen und nicht ernten, was werden sie tun?

NAPOLEON: In Dunkelstein haben die Arbeiter der Granatenfabrik zu streiken gewagt. Jeder Zehnte wurde verhaftet. Sie werden vors Kriegsgericht gestellt.

FRANZISKUS: Kein gerechter Richter wird sich finden sie zu verurteilen.

NAPOLEON: Gefecht ist, was dem Staat nützt. Die Richter sind Staatsbeamte.

FRANZISKUS: Es muß etwas geschehen. Sofort! Wir werden den weisesten Mann auf die Erde schicken. Wenn den Menschen die Kraft fehlt, das Gute zu erkennen, er soll sie zum Guten führen. Liebe englische Schwester, verbinden Sie mich mit Sokrates.

ENGEL: Sokrates ist am Telephon.

(*Franziskus geht in die Telephonzelle.*)

NAPOLEON (*zum Engel*): In Paris tragen die Frauen sehr kleidsame Flügel. Wenn sie auch keine Engel sind.

ENGEL: Ach.

NAPOLEON: ich kannte eine Schauspielerin, die trug plissierte Flügel aus chinesischer Seide. Zarte Goldstickerei in der Mitte. Sehr elegant.

ENGEL: Ach.

FRANZISKUS (*aus der Telephonzelle*): Gott sei Dank. Sokrates ist bereit. Die Macht seines Wortes ist stärker als das Schwert.

NAPOLEON: Wenn ich mich recht erinnere, hat er auf Erden den Schierlingsbecher getrunken.

FRANZISKUS: Warten wir ab.

NAPOLEON (*liest eine Zeitung*): Eine Frechheit!

FRANZISKUS: Bitte?

NAPOLEON: Die Geschichte einer Frau Male und ihres Hundes.

FRANZISKUS: Ich liebe Tiergeschichten.

NAPOLEON: Diese Frau hat ihren Pudel Napoleon genannt.

FRANZISKUS: Wie rührend!

NAPOLEON: Zu meiner Zeit hat man die erstgeborenen Söhne Napoleon genannt.

FRANZISKUS: Was haben Sie gegen Hunde? Sind es nicht gute und zärtliche Tiere, treu, dem Menschen ergeben? Ich wünschte mir, die Menschen würden die Esel, diese sanften bescheidenen Wesen mit den schönsten Augen der Welt Franziskus heißen.

(*Dunkel.*)

Viertes Bild

Gefängniszelle

(Jakobo geht auf und ab. Sirenen.)

RUFE VON DRAUSSEN: Gas! Gas! Gas! Luftschutz! Luftschutz! Licht aus! Licht aus!
(Das Licht in der Zelle verlöscht. Tür wird aufgeschlossen.)
STIMME: Hier hinein! Der ist zum Tode verurteilt.
(Rahel hinein. Stille.)
JAKOBO: Halt oder ich ...
RAHEL: Schießen Sie bitte nicht.
JAKOBO: Sie werden es bereuen! Es ist Mord!
RAHEL: Es ist schrecklich im Dunkeln zu sterben.
JAKOBO: Der Henker und Mitleid. Welche Farce!
RAHEL: Ich bin so jung, es ist schrecklich so jung zu sterben.
JAKOBO: Wer sind Sie?
RAHEL: Ich liebte einen Mann. Die Liebe der Männer ist eine Lüge.
Wir fliegen in den Himmel und wir stürzen in die Hölle. Ich liebte
den Frieden. Ich glaubte den Männern, die vom Frieden sprachen.
Der Friede ist die größte Lüge.
JAKOBO: Du bist ...
(Licht in der Zelle.)
JAKOBO: Rahel!
RAHEL: Jakobo! Rühr mich nicht an!
JAKOBO: Ich bin Jakobo.
RAHEL: Jakobo ist ein Name für Männer. Jakobo ist eine Lüge.
JAKOBO: Sie ist von Sinnen.
RAHEL: Warum habe ich nicht an Steine geglaubt, an Tiere, an Blumen? Es ist schön Blumen zu lieben. Sie sind was sie scheinen, sie
scheinen was sie sind. Morgens, wenn sie erwachen und der stille
Tau fällt auf die samtnen Kelche, abends wenn sie schlafen im verdämmernden Licht. Nur die Menschen stören ihren Frieden.
JAKOBO: Rahel, erkennst Du mich nicht?
RAHEL: Sage mir, daß Du ein Stein bist, und ich will Dich lieben.
JAKOBO: Rahel! Rahel!
RAHEL: Ach Jakobo, warum hast Du mich belogen?

JAKOBO: Ich habe Dich nicht belogen.

RAHEL: Was ist Liebe, die tötet wenn sie wärmen soll? Du bist ein Mann. Zieh Deine Uniform an, zieh in den Krieg, schieße, schieße auf meinen Vater, schieße auf mich, gestern war es Mord, heute ist es Pflicht, sei ein Held, aber sage nie mehr einem Mädchen, daß Du es liebst.

JAKOBO: Warum bist Du gekommen? Mir die letzten Stunden zu vergällen?

RAHEL: Ich bin was Du bist. Eine Gefangene.

JAKOBO: Weil ich ihren Worten geglaubt habe. Es sollte ein neues Gesetz erlassen werden. Wer Worten glaubt, verdient den Tod.

JAKOBO: Sie werden Dich ein paar Stunden festhalten, dann werden sie Dich freilassen.

RAHEL: Ja, Jakobo.

(Tür wird aufgeschlossen. Herein Arzt. Ihm folgt Noah, unkenntlich mit hochgeschlagenem Kragen. Noah verbirgt sich.)

ARZT: Fräulein Rahel.

RAHEL: Ich bin bereit.

ARZT: Sie waren ein sehr nervöses Kind? Nicht wahr?

RAHEL: Wer sind Sie?

ARZT: Der Arzt.

RAHEL: Braucht man Ärzte, wenn man sterben soll?

ARZT: Ich komme Sie zu untersuchen.

RAHEL: Verlangt es das Gesetz?

ARZT: Es ist eine Gnade.

RAHEL: Von Herrn Emil?

ARZT: Weil Sie die Tochter von Herrn Laban sind.

RAHEL: Ist Hochverrat kein Hochverrat, wenn man Labans Tochter ist?

ARZT: Es ist ein mildernder Umstand.

RAHEL: Ich verstehe. Sie sollen feststellen, daß ich wahnsinnig bin?

ARZT: Keine Gnade ohne Gesetz.

RAHEL: Kein Gesetz ohne Lüge. Sollen Sie auch feststellen, daß Herr Jakobo wahnsinnig ist?

ARZT: Herr Jakobo ist zweifellos gesund.

RAHEL: Sagen Sie Herrn Emil, auch ich sei zweifellos gesund. Niemand wüßte es besser als er.

JAKOBO: Sie ist wahnsinnig!!

RAHEL: Ich bin nicht wahnsinnig. Gehen Sie!

(*Arzt hinaus.*)

JAKOBO (*umarmt Rahel*): Rahel!

RAHEL: Ist es nicht schöner zu sterben als zu töten?

JAKOBO: Ein Feigling war ich! Ein Feigling!

RAHEL: Es war finster und weil es finster war hattest Du Furcht, und Du glaubtest ich sei der Henker. Du hattest Furcht Jakobo. Ich bin glücklich, daß Du Furcht hattest, fürchte Dich nicht vor Deiner Furcht, ist es nicht menschlich Furcht zu haben?

JAKOBO: Ich hatte Furcht, ich glaubte ich sollte erschossen werden.

RAHEL: Aber jetzt ist es hell, und Du hast keine Furcht.

JAKOBO: Warum hattest Du Dich nicht gerettet? Warum müssen wir beide sterben?

RAHEL: Irgendwo muß doch Friede sein. Wie könnten wir sonst von ihm träumen. Der Tod ist keine Lüge, Jakobo.

JAKOBO: Rahel!

(*Noah tritt hervor.*)

NOAH: Ich bins nur, der alte Noah.

RAHEL: Haben sie Dich auch verhaftet, Noah?

NOAH: Sie nicht.

RAHEL: Wer?

NOAH: Ich hab mich selber arretiert. Ich sollte in den Krieg ziehen. Ich wollte nicht in den Krieg ziehen. Ich habe mich in den Kornfeldern verborgen, weil es dort sicher war und warm. Die Narren haben die Kornfelder abgebrannt. Wo sollte ich hin? Wo ist der Mensch am sichersten in Kriegszeiten? Im Gefängnis. Ich habe mich selber eingesperrt. Ich bin halt ein Trottel … Und ihr sollt beide sterben?

RAHEL: Ja, Jakobo.

NOAH: Warum denn gleich sterben? Der Tod kommt früh genug. Ihr werdet hier nicht lange bleiben. Man wird Euch in die Todeszelle führen. Ein häßlicher Name für eine bequeme Zelle. Von der Todeszelle führt ein Gang … (*spricht leise unverständlich weiter.*) Pst! Da kommt jemand.

(*Noah verbirgt sich. Die Tür wird aufgeschlossen.*)

WÄRTER: Jakobo! Rahel! Sie kommen in eine andere Zelle. Haben Sie besondere Wünsche fürs Mittagessen? Drüben im Hotel gibt es gebratene Hühner. Ich kenne die Wirtin. Sie sind gut und billig.

(*Rahel und Jakobo hinaus. Einige Sekunden ist die Zelle leer.*)

WÄRTER: Hier hinein, Sokrates!

SOKRATES: Lieber Freund, eine Frage. Wir wissen, daß wir nichts wissen. Woher wissen Sie, daß Krieg ist?

WÄRTER (*tippt mit dem Finger an seine Stirn*): Armer Mann! (*Wärter hinaus.*)

NOAH (*tritt hervor*): Wissen Sie es jetzt?

SOKRATES: Ich weiß, daß ich nichts weiß.

NOAH: Vielleicht weiß es die Tür dort. Wenn sie aufgeht, ist Friede, wenn sie verschlossen bleibt, ist Krieg.

SOKRATES: Eine bezwingende Logik, aber sie ist stichhaltig. Eine verschlossene Tür besagt, daß sie verschlossen sein kann, erstens, durch Zufall, zweitens, aus Absicht. Schalten wir den Zufall aus. Sagen wir, diese Tür wurde aus Absicht verschlossen. Diese Absicht kann eine gute sein, und sie kann eine böse sein. Der Wärter der mich hier eingeschlossen hat, gehorcht einem Befehl, seine Absicht war eine gute. Der Mann der ihm den Befehl gegeben hat, hält mich für einen Spion, seine Absicht war ...?

NOAH: Auch eine gute.

SOKRATES: So habe ich keinen Grund mich zu beklagen.

NOAH: Auch dem Henker sollten Sie dankbar sein.

SOKRATES: Das geht zu weit.

NOAH: Er wird Ihnen aus guter Absicht den Kopf abschlagen.

SOKRATES: Dazu hat er kein Recht.

NOAH: Er gehorcht dem Richter, der Sie aus guter Absicht zum Tode verurteilt. Sie haben wirklich keinen Grund sich zu beklagen.

SOKRATES: Hm ... Worüber beklagen Sie sich?

NOAH: Wer sagt Ihnen, daß ich mich beklage?

SOKRATES: Die meisten Verbrecher halten sich für unschuldig.

NOAH: Wer sagt Ihnen, daß ich ein Verbrecher bin?

SOKRATES: Also halten Sie sich für unschuldig?

NOAH: Lieber Herr, jetzt will ich Ihnen ein Rätsel aufgeben.

SOKRATES: Bitte.

NOAH: Wenn es Mannah regnet, haben alle zu essen.

SOKRATES: Gewiß.

NOAH: Regnet es im Krieg Mannah?

SOKRATES: Nein. Es hat sich jedenfalls noch nicht zugetragen.

NOAH: Regnet es im Frieden Mannah?

SOKRATES: Nein.

NOAH: Was ist der Unterschied zwischen Krieg und Frieden?
SOKRATES: Es regnet weder im Krieg Mannah noch im Frieden.
NOAH: Falsch. Es regnet Mannah im Krieg und im Frieden.
SOKRATES: Diese Folgerung widerspricht der Vernunft.
NOAH: Lieber Herr, die Vernunft. Für die einen regnet es Mannah
im Frieden, für die einen im Krieg. Die einen und die einen sind
meistens die einen.
SOKRATES: Und wer sind jene, für die es niemals Mannah regnet?
NOAH: Die andern. Sie haben einen schlechten Magen. Darum sind
sie farbenblind.
SOKRATES: Farbenblind?
NOAH: Weil sie den Krieg im Frieden sehen.
SOKRATES: Verehrter Herr … wie heißen Sie doch?
NOAH: Noah.
SOKRATES: Herr Noah, ich möchte Ihr Schüler werden. Der alte Sok-
rates hat noch einiges zu lernen.

DUO

SOKRATES:
Die Weisheit dieser Welt
Sie wohnt nicht auf den Sternen.
NOAH:
Die Weisheit dieser Welt
Mußt Du erlernen.
SOKRATES:
Weil einst ein großer Mann geglaubt,
Die Welt sei relativ,
Glaubt heute jeder kleine Mann,
Was grade ist, sei schief.
NOAH:
Weil einst ein großer Mann gesagt,
Das Himmelreich den Armen,
Sagt heute jeder kleine Mann,
Auf Erden kein Erbarmen.
SOKRATES:
Weil meine Frau Xanthippe hieß,
Will keine Frau Xanthippe heißen,

Auch eine schöne Lotte kann
Den Mann in Stücke reißen.

BEIDE:
Die Weisheit dieser Welt,
Sie wohnt nicht auf den Sternen,
Die Weisheit dieser Welt
Mußt Du erlernen.

(*Dunkel.*)

Fünftes Bild

Olympische Scene

(*Vor einem Wolkenvorhang.*)
FRANZISKUS: Ich suche Sie in allen Himmelsgegenden. Wo stecken Sie?
NAPOLEON: Ich habe mit dem Duke von Wellington Bridge gespielt. Diesmal habe ich gesiegt.
FRANZISKUS: Furchtbare Dinge gehen auf der Erde vor. Diese Wahnsinnigen! Sie haben Sokrates zuerst ins Gefängnis, dann ins Irrenhaus gesteckt. Sie haben Rahel und Jakobo zum Tode verurteilt. Die armen Kinder sollen in einer Stunde sterben.
NAPOLEON: Und keinen Heldentod.
FRANZISKUS: Den einzigen Heldentod, lieber Napoleon. Wir müssen ihn verhindern. Wir sind schuld, wir allein. Mein Gott, was habe ich getan. Auch mit dem Guten zu spielen ist eitel Hoffart.
NAPOLEON: Haben Sie einen Plan?
FRANZISKUS: Ich habe den Privatsekretar des Allmächtigen um eine Audienz gebeten.
NAPOLEON: Und?
FRANZISKUS: Gegen die Dummheit der Menschen, kämpft selbst Gott vergebens, hat er mir sagen lassen.
NAPOLEON: Krieg ist nur durch Krieg zu bekämpfen. Man muß die gedienten Soldaten des Himmels einberufen. Wir haben glänzende Feldherrn hier. Alexander, Cäsar, Dschingiskhan. Ich übernehme die Führung.
FRANZISKUS: Ich will keinen neuen Krieg. Ich will die Wahrheit. Dementieren Sie sofort das Telegramm.
NAPOLEON (*schweigt.*)
FRANZISKUS: Warum zögern Sie?
NAPOLEON: Es wäre das erste Mal in der Geschichte, daß eine offizielle Wahrheit dementiert wird.
FRANZISKUS: Eine offizielle Lüge, wollen Sie sagen.
NAPOLEON: Das ist dasselbe. Eine Lüge wird dadurch zur Wahrheit, daß man sie offiziell verkündet.
FRANZISKUS: Telegraphieren Sie die einfache, menschliche, Wahrheit nach Dunkelstein.

NAPOLEON: Gut, ich warne.

(*Beide ab.*)

TELEGRAPHENBOTE (*mit Flügeln*): Engel 1100.

ENGEL: Hier.

TELEGRAPHENBOTE: Ein Telegramm.

ENGEL (*liest es*): Er verspricht mir Pariser Flügel. Klein. Elegant. Plissiert. Mit Goldstickerei in der Mitte. Soll ich? Was bleibt einem übrig, wenn man so häßliche Flügel hat.

(*Dunkel.*)

Sechstes Bild

Dunkelstein

(Der gleiche Saal wie in der zweiten Scene. Tomas in Uniform.)

TOMAS:

Das Spionenlied

Ich sah einen Mann der schwieg,
Ein Spion! Ein Spion!
Ich sah einen Mann der sprach,
Ein Spion! Ein Spion!
Bürger gib acht, es ist Krieg,
Spione! Spione!
Spione auf Straßen und Plätzen,
Spione in Frack und in Fetzen,
Spione in euren Fabriken,
Spione die harmlos blicken,
Spione die Brillen tragen,
Spione die schweigend fragen,
Spione hinter den Türen,
Spione die schleichen und spüren,
Spione die wispern und toben,
Spione die murren und loben,
Spione die Geheimnisse stehlen,
Auch wenn Geheimnisse fehlen,
Spione! Spione!

(Herein Emil.)

TOMAS: Ich glaube nicht an diesen Wahnsinn dieses Sokrates. Wir sollten die Waffen niederlegen, sagt er, dann ist Friede. Ein einfaches Rezept.

EMIL: Zu einfach. Ein Mann, der vor jedem Satz sagt „Ich weiß, daß ich nichts weiß", muß ein Wahnsinniger sein.

TOMAS: Er simuliert.

EMIL: Woraus schließen Sie das?

TOMAS: Ein Narr zeigt gewisse Spuren von Vernunft. Dieser Sokrates hat noch nicht einen vernünftigen Satz gesprochen.

EMIL: Das Auto wurde durchsucht?

TOMAS: Wir fanden seltsame Dinge. Ein Stückchen Regenbogen. Einen Sternsplitter. Beides wurde dem chemischen Laboratorium übersandt.

EMIL: Wofür halten Sie diesen Sokrates?

TOMAS: Für einen abgefeimten Spion, der eine geheime Mission hat.

EMIL: Erschießen! ... Ist der Spion aus den Kornfeldern entdeckt?

TOMAS: Spurlos verschwunden.

EMIL: Weitersuchen! Ist Noah gefunden?

TOMAS: Auch Noah ist spurlos verschwunden.

EMIL: James!

(*James herein.*)

TOMAS: Die Herren vom Kriegsrat.

JAMES: Verzeihung Exzellenz, draußen steht eine Frau. Sie läßt sich nicht abweisen.

EMIL: Wer?

JAMES: Die Kinderfrau von Fräulein Rahel.

(*Male herein.*)

MALE: Wohin habt ihr mein Kind geschleppt?

TOMAS: Staatsgeheimnis.

MALE: Mit Ihnen sprech ich garnicht. Wer sind Sie? Schämen Sie sich nicht wie ein Feueranbeter herumzulaufen?!

TOMAS: Ich bin Tomas.

MALE: Da sind Sie was rechtes. Ein fauler, schlechter Schulmeister, ein Trunkenbold, ein alter Weiberheld.

TOMAS: Der Kommandant arbeitet. Er kann Sie nicht empfangen.

MALE: Mich nicht empfangen? Mich nicht empfangen? Ich hab Herrn Emil gekannt, als er noch in Windeln lag und kein Wort reden konnte, nur zwei Buchstaben, Aa, Aa ...

JAMES: Soll ich sie hinauswerfen?

MALE (*gibt ihm eine Ohrfeige*): Hier für Deine Frechheit!

(*Male stößt James hinaus.*)

MALE (*zu Emil*): Ich will wissen, wo ihr Rahel hingeschleppt habt?

EMIL: Rahel kann niemand mehr helfen. Auch Sie nicht.

MALE: Ich Rahel nicht helfen? Wer kann es sonst? An diesen Brüsten hab ich sie getragen, ich hab sie sprechen gelehrt, ich hab mit ihr gespielt, ich hab mit ihr geweint, ich war mit ihr krank, wenn sie krank war, ich bin gesund geworden, wenn sie gesund wurde. Ihr Diebe, ihr Menschentäuber, wo habt ihr meine Rahel?

EMIL (*schweigt.*)

TOMAS: Sie redet sich um ihren Kopf.

MALE: Habt ihr sie … ? Habt ihr sie getötet? Dann Gnade Euch! Dann schleppt mich nur gleich mit aufs Schaffot! Dann will ich auch nicht mehr leben. Mein Mann ist gefallen im letzten Krieg und mein Sohn, sie war mein Alles, mein Mann und mein Sohn. (*weint.*)

(*Herein Laban.*)

EMIL: Der gebrochene Vater. Tomas empfangen Sie ihn. Ich hasse diese Scenen.

(*Emil will gehen.*)

LABAN: Herr Emil ich flehe …

(*James herein.*)

JAMES: Herr von Laban, ein Blitztelegramm!

LABAN (*liest, lacht laut auf*): Ich störe wohl, wie? Wichtige Kriegspläne was? Na, Sie werdens schon schaffen. Auf Wiedersehen meine Herren.

MALE: Und das Kind? Vom Kind sprechen Sie garnicht?

LABAN: Wo werde ich. Die Zeit der Herren ist kostbar. Komm, Male.

MALE: Rabenvater!

(*Beide hinaus.*)

EMIL: Haben Sie den Mann begriffen?

TOMAS: Auch ein Simulant. Er will Sie rühren und seine Tochter retten.

EMIL: Da liegt ein Papier.

TOMAS: Das Telegramm. (*hebt es auf.*) Höchste Fürsprache unnötig. Krieg Komödie. Napoleons Dementi unterwegs. Versprochene Flügel unzerbrechlich verpacken. Garantiert „Made in Paris". Engel 1100. Olymp. Postlagernd.

EMIL: Unverständlich.

TOMAS: Ein chiffriertes Telegramm.

EMIL: Seltsam. Vor wenigen Minuten waren alle Telegraphenleitungen gestört.

TOMAS: Sollte auch Laban ein Spion sein?

(*James herein.*)
JAMES: Zwei Briefe.
EMIL (*liest den ersten*): Sokrates ist verschwunden. In der Zelle fand man eine Wolke.
TOMAS: Meine Ahnung. Sokrates hat simuliert!
EMIL (*liest den zweiten*): Rahel und Jakobo sind entflohen! Aus der Todeszelle!
TOMAS: Jetzt verstehe ich das Telegramm. Dementi unterwegs – Rahel und Jakobo entflohen. Versprochene Flügel – versprochenes Geld.
EMIL: Ich lasse Sie erschießen, wenn Sie Jakobo nicht fangen.
TOMAS: Ein Wärter wurde bestochen.
EMIL: Marsch ins Gefängnis!
TOMAS: Ich?
EMIL: Durchsuchen! … Die Erregung gegen die Ausländer?
TOMAS: Ist geschürt. Der Verein verheirateter Lehrerinnen verlangt ihre Ausweisung. Der Bund ehemaliger Postbeamter hat ein Protestmeeting mit der Losung „Tod allen Rasseschändern" einberufen.
(*Tomas hinaus.*)
JAMES: Der Arzt.
(*Arzt hinein.*)
ARZT (*niest*): Das Stückchen Regenbogen und der Sternsplitter wurden durchsucht. Es scheint sich um besonders gefährliche bisher unbekannte Explosivgase zu handeln. Nähert man sich ihnen, muß man niesen. (*niest.*) Verzeihung, ich habe an der Untersuchung teilgenommen.
EMIL: Danke.
(*Arzt hinaus. Von Draußen Gebrüll*: Tot allen Rasseschändern. Nieder mit den Ausländern!)
EMIL (*tritt ans Fenster*): Meine Herren! Ich teile ihre spontane Erregung und begrüße Ihren Kampf für die Reinheit des Blutes, für die Reinheit des Bodens. Die Rasseschänder werden ihre verdiente Strafe finden. Ich verbürge mich dafür. Dunkelstein den Dunkelsteinern.
(*Von draußen* Heilrufe.
Herein der Hagere, *der* Dicke, *der* Kleine.)
DER HAGERE: Ich warne.
DER KLEINE: Denken Sie an unsern Handel mit Brasilien.

DER DICKE: Man wird uns boykottieren!

EMIL: Meine Herren! Das Volk vertraut mir. Ich regiere … Gold und Silber sind beschlagnahmt?

DER HAGERE: Im Safe meiner Bank.

EMIL: Auch die Goldplomben sind abzuliefern.

DER KLEINE: Die Zahnärzte arbeiten fieberhaft.

DER DICKE: Brot und Fleisch gibt es nur noch auf Karten.

EMIL: Gut. Hier ist die Kriegskarte. Sowie die Sirenen ertönen, sammelt sich die Bevölkerung in dem bombensicheren Keller. Die Stadt wird vernebelt.

DER HAGERE: Sie ist es schon.

DER DICKE: Man kann nicht aus den Augen sehen.

DER KLEINE: Nacht über Dunkelstein.

EMIL: Umso besser. Unsere Geschwader verlassen die unterirdischen Häfen.

(*Emil gebt zu einer aufgespannten strategischen Karte.*)

Hier. Umzingeln den Feind … etwa hier … und bombardieren ihn mit Feuerbomben.

DER HAGERE: Dabei wird Dunkelstein in Flammen aufgehen.

EMIL: Das ist der Krieg, meine Herren. Brennen wirds auf jeden Fall. Lieber durch eigene Bomben verbrennen als durch feindliche.

(*Draußen Gewitter, Donnerschlag.*)

DIE DREI: Der Feind!

EMIL: Gasmasken anlegen!

(*Tomas herein.*)

EMIL: Wo ist der Feind?

TOMAS: Draußen.

EMIL: Über der Stadt?

TOMAS: Im Korridor.

EMIL: Verräter!

TOMAS: Ich?

EMIL: Du! Alle! Ich wurde verraten! Meine Freunde haben mich verraten!

DER HAGERE: Sie müssen einen Entschluß fassen.

EMIL: Ich werde … Ich werde nicht … Ich werde … Ich werde nicht …

TOMAS: Was soll mit ihm geschehen?

EMIL: Hängen! Kopf abhauen! Erschießen! Vierteilen!

TOMAS (*nach draußen*): Noah sofort hängen! Noah sofort den Kopf abhauen! Noah sofort erschießen! Noah sofort vierteilen!

EMIL: Noah ist draußen!

TOMAS: Ich fand ihn im Gefängnis.

EMIL: Wo ist der Feind?

TOMAS Der Feind?

EMIL: Der Feind!

TOMAS: Wir erwarten ihn. Das Volk brennt sich zu schlagen.

(*Emil und Die Drei nehmen die Gasmasken ab.*)

EMIL: Wo fanden Sie Noah?

TOMAS: Im Gefängnis.

EMIL: Wo wurde er verhaftet?

TOMAS: Er hat sich selbst verhaftet. Ich entdeckte ihn als ich das Gefängnis durchsuchte, verborgen in einer Zelle.

EMIL: Noah vorführen!

(*Noah herein.*)

NOAH: Alles muß seine Ordnung haben, auch der Tod. Wenn ich gehängt werden soll, wozu soll ich dann erschossen werden? Wenn ich aber erschossen werden soll, wozu soll mir dann der Kopf abgehauen werden? Wenn mir aber der Kopf abgehauen wird, und ich werde dann noch geviertelt, bin ich am Ende gefünfteilt.

EMIL: Du bist ein Deserteur.

NOAH: Da haben Sie wieder recht.

EMIL: Du bist ein Dieb.

NOAH: Da haben Sie nicht recht.

EMIL: Du stiehlst dem Staat das Brot. Du hast Dich heimlich ins Gefängnis geschlichen. Du läßt Dich vom Staat ernähren.

NOAH: Da haben Sie wieder recht.

EMIL: Auf Desertion steht Tod. Auf Diebstahl, Gefängnis. Erst wirst Du Deine Gefängnisstrafe abbüßen. Dann wirst Du erschossen.

NOAH: Wieviel Jahre muß ich im Gefängnis sitzen?

EMIL: Weil Du Dich im Gefängnis aufhieltest, ohne dazu berechtigt zu sein, bestrafe ich Dich mit drei Tagen Gefängnis.

NOAH: Bedenken Sie Herr Emil, es war ein schwerer Diebstahl, ein Diebstahl in Kriegszeiten.

EMIL: Von Deiner Gefängnisstrafe hast Du einen Tag verbüßt. Nach zwei Tagen wirst Du erschossen.

56

NOAH: Ich bin halt ein Trottel. Hätte ich geschwiegen und die Strafe angenommen, dürfte ich einen Tag länger leben. Ich habe im Gefängnis einen anderen Trottel getroffen, Sokrates hieß er. Schweig, wenn Du nicht gefragt bist, hat er gesagt. Ach, hätte ich mir doch seine Worte zu Herzen genommen. Auf ein trauriges Wiedersehen, meine Herren, vielleicht im Himmel, vielleicht in der Hölle, vielleicht im Massengrab.

(*Noah wird abgeführt.*)

JAMES: Ein Blitztelegramm an den Staat Dunkelstein!

EMIL: Her damit! (*er liest es für sich.*) „Alle Kriegsoperationen einstellen. Krieg Mißverständnis. Friede auf Erden." (*er setzt sich zerschmettert auf seinen Stuhl, vergräbt den Kopf in den Händen.*)

DER HAGERE: Herr Emil!

EMIL: Meine Herren, das Ende.

DER DICKE: Unseres Staates?

DER KLEINE: Unseres Volkes?

EMIL: Der Friede ist mitten im Krieg ausgebrochen.

DER HAGERE: Ein kurzer Krieg.

DER KLEINE: Ein rascher Krieg.

DER DICKE: Hurra!

EMIL: Hurra, schreien Sie, wo Ihre Herzen Halbmast flaggen sollten?

TOMAS: Mein schönes Kriegslied.

EMIL (*haut Tomas eine Ohrfeige*): Wollen Sie den Krieg ebenso verraten, wie Sie den Frieden verraten haben!

TOMAS (*haut dem Dicken eine Ohrfeige*): Ich habe es nicht gewollt!

DER DICKE: Er hat mich geschlagen!

DER KLEINE: Ich habe es gesehen!

TOMAS (*haut dem Kleinen eine Ohrfeige*): Jetzt haben Sie es gefühlt.

DER HAGERE: Das geht zu weit.

TOMAS (*haut dem Hageren eine Ohrfeige*): jetzt geht es zu nah.

(*Allgemeine Rauferei.*)

EMIL: Friede, befehle ich! Friede!

DIE DREI: Er hat den Krieg erklärt.

TOMAS: Sie führen ihn mit Tiefschlägen … zurück, oder ich schieße … Au! … (*schießt in die Luft. Der Kleine schlägt Emil den Revolver aus der Hand.*)

DER HAGERE: Man merkt der Friede ist da.

DER KLEINE (*boxt Tomas zu Boden*): Schuß!

TOMAS: Ich bin Minister!

DER DICKE: Sie waren Minister.

TOMAS: Ich trage Uniform. Ich bin der Staat.

DER KLEINE (*gibt ihm einen Kinnhaken*): Knock out!

EMIL: James, führen Sie den Herrn Minister hinaus.

(*James führt Tomas hinaus.*)

EMIL: Sie wollten meinen Entschluß hören? Hören Sie ihn. Ich habe niemals den Frieden geliebt. jetzt habe ich die Größe des Krieges kennengelernt. Das Volk ist erwacht, ein Glaube, ein Geist, ein Wille … was besagt dieses Telegramm? Es herrscht Friede. Gut. Wir erklären den Krieg, und nichts hat sich geändert … Wir werden siegen.

DER HAGERE: Aber wenn der Feind garnicht besiegt sein will?

EMIL: Wir werden ihn dazu zwingen.

DER DICKE: Wen wollen Sie dazu zwingen? Wer soll der Feind sein?

EMIL: Und wenn wir gegen den Himmel kämpfen müßten.

DER KLEINE: Wo wollen Sie das Geld hernehmen?

EMIL: Solange wir Papierfabriken haben, solange haben wir Geld.

DER HAGERE: Was für Geld?

DER KLEINE UND DER DICKE: Schlechtes Geld.

EMIL: Sie wollen Patrioten sein und Sie denken an Geld? So verteidigen Sie die Ehre des Staates Dunkelstein? Fühlen Sie nicht, daß unser Prestige die Fortführung des Krieges verlangt? Wenn Sie mich im Stich lassen, werde ich das Volk befragen. Wissen Sie wie die Antwort des Volkes lauten wird? Nie wieder Friede! Ich lasse Ihnen drei Minuten Bedenkzeit. Verweigern Sie dem Staat Ihre Hilfe, sperr ich Sie ins Gefängnis.

(*Emil hinaus.*)

TRIO:

Man muß das Rechte
    zur rechten Zeit tun.
Wenn es Zeit ist zu sparen,
    spar nicht des Nachbarn Geld,
Wenn es Zeit ist zu jagen,
    jag in des Nachbarn Feld.

Wenn es Zeit ist zum Kriege
   sag der Feind ist schuld,
Wenn es Zeit ist zum Frieden
   trag es mit Geduld.
  Denn der Schnee schneit, wenn es kalt ist
    Und die Rosen blühn im Mai,
    Und ein Holz fällt, wo ein Wald ist,
    Und der Friede geht vorbei.
  Man muß das Rechte
   zur rechten Zeit tun.

DER HAGERE: Eine schwere Lage.

DER DICKE: Er läßt uns alle erschießen.

DER KLEINE: Wer mit dem Erschießen einmal angefangen hat, hört nicht mehr damit auf.

DER HAGERE: Ruhig Blut meine Herren.

DER DICKE: Entscheiden wir uns für den Krieg, werden wir vielleicht erschossen,

DER KLEINE: Entscheiden wir uns für den Frieden, werden wir bestimmt erschossen.

DER HAGERE: Die Frage ist: Was ist teurer, der Krieg oder der Friede?

DER DICKE: Die Kornfelder sind verbrannt.

DER KLEINE: Brot ist rar.

DER DICKE: Wir hatten zu viel. Jetzt haben wir zu wenig.

DER KLEINE: Zu wenig Brot.

DER DICKE: Zu wenig Pflüge.

DER HAGERE: Sprechen wir nicht vom Materiellen, meine Herren. Der Friede ist sittlicher als der Krieg.

DER DICKE: Aber das Prestige?

DER KLEINE: Er wird das Volk befragen.

DER DICKE: Mit vorgehaltenem Revolver.

DER KLEINE: Wer für den Frieden stimmt, wird erschossen.

DER HAGERE: Er wird nicht das Volk befragen. Er wird niemanden erschießen.

DER KLEINE: Er hat die Kanonen, nicht wir.

DER HAGERE: Zuweilen ist der Geist stärker als Kanonen. Lassen Sie mich mit Herrn Emil verhandeln.

DER DICKE: Aber bitte, ich reise sowieso nach Singapore.

DER KLEINE: Bitte. Ich reise zum Schah von Persien.

DER HAGERE: Reisen Sie noch nicht meine Herren. Ich hab einen Plan. Erwarten Sie mich in meinem Büro. Sie finden dort ... (*spricht leise unverständlich weiter.*) Sie werden ... (*unverständlich weiter.*)

DER DICKE: Wir finden ... (*unverständlich weiter.*)

DER KLEINE: Wir werden ... (*leise unverständlich.*)

(*Der Kleine und der Dicke hinaus. Emil hinein.*)

EMIL: Nun?

DER HAGERE: Wir sind entschlossen.

EMIL: Den Krieg zu führen?

DER HAGERE: Bis zum letzten Blutstropfen.

EMIL: Ich danke Ihnen.

DER HAGERE: Eine Frage wäre noch zu regeln, eine kleine Frage, eine unbedeutende Frage.

EMIL: Der Feind? Der Erbfeind natürlich.

DER HAGERE: Das Volk haßt die Fremden.

EMIL: Mit Recht.

DER HAGERE: Besonders die Brasilianer.

EMIL: Mit Recht.

DER HAGERE: Gut. Nur ein echter Dunkelsteiner, darf den Krieg führen.

EMIL: Ich bleibe Kommandant.

DER HAGERE: Ich besitze einen gewissen Schein, einen kleinen Schein, so groß wie ein Handteller, einen Geburtsschein. (*schroff.*) Sie sind kein echter Dunkelsteiner, Herr Emil. Ihre Großmutter war eine reinblütige Brasilianerin.

EMIL: Lüge!

DER HAGERE: Ich besitze das Dokument.

EMIL: Es ist gefälscht. Zeigen Sie es her.

DER HAGERE: Bitte.

EMIL: Wer hat es Ihnen gegeben? Sokrates? Gestehen Sie? Merken Sie nicht, daß die Brasilianer selbst dieses Dokument gefälscht haben? Ich kein echter Dunkelsteiner? (*zerreißt den Schein, wirft ihn dem Hageren vor die Füße.*) Da haben Sie Ihr Dokument.

DER HAGERE: Wozu die Mühe? Es war nur eine Kopie. Das Original liegt in meinem Safe.

EMIL (*nach einer Pause*): Sie werden dieses Haus nicht lebend verlassen! Ich lasse Sie ...

DER HAGERE: Nicht so rasch. Lassen Sie lieber nicht. (*zieht seine Uhr.*) Wenn ich nicht binnen drei Minuten dieses Haus frei verlassen habe, werden an allen Mauem der Stadt Plakate kleben, die das Volk aufklären.

EMIL (*nach einem Moment der Stille zieht seinen Revolver, setzt ihn an die Stirne.*)

DER HAGERE (*entwindet ihm den Revolver*) : Aber Herr Emil, in so jungen Jahren, außerdem war der Revolver ungeladen. Einem Mann mit Ihren Talenten steht die Welt offen. Schreiben Sie Ihre Memoiren! Fliegen Sie um die Erde. Zwar ist der Nordpol entdeckt, aber wie wäre es mit dem Südpol? Reisen Sie! Wir bezahlen die Expedition. Sie haben die Ehre. Leben Sie wohl Herr Emil.

(*Emil eilt hinaus.*)

DER HAGERE (*ans Fenster*): Friede! Es herrscht Friede! Es lebe der Friede!

(*Von draußen anwachsendes Geschrei*: Friede! Friede! Es lebe der Friede! *Laban herein.*)

LABAN: Nun?

DER HAGERE: Der Friede war unvermeidlich.

LABAN: Wie sagten Sie? In alten Zeiten hieß es, Kriege sind unvermeidlich. Jetzt wird der Friede unvermeidlich.

DER HAGERE: Beruhigen Sie sich Herr von Laban, beruhigen Sie sich, ewig wird der Friede nicht dauern. Auch für Ihre Konservenfabrik kommt die große Zeit.

LABAN: Ich habe keinen Grund zu klagen, vor einer halben Stunde habe ich mein Lager in Bausch und Bogen verkauft.

DER HAGERE: Zu Kriegspreisen?

LABAN: Zu Friedenspreisen.

DER HAGERE: Woher wußten Sie?

LABAN: Ich habe so meine Verbindungen mit den höchsten Stellen. Wo ist Emil?

DER HAGERE: Auf Erholungsurlaub. Verreist.

LABAN: Wohin?

DER HAGERE: Zum Südpol.

LABAN: Ein fixer Kerl!

DER HAGERE: Verzeihen Sie Herr von Laban, ich hatte ganz vergessen, Ihre armen Kinder …

LABAN: Meine Kinder sind glücklich. Sie sind aus dem Gefängnis geflohen, sind zum Standesamt gefahren und haben sich trauen lassen.

DER HAGERE: Aber die Volksstimmung?

LABAN: Das Volk ist begeistert. Das Volk ist immer begeistert, wenn Unrecht zerbricht und Recht triumphiert.

DER HAGERE: Gut. Die Frage ist nur, ob das Volk weiß, was Recht, was Unrecht ist.

LABAN: Dafür hat das Volk ein feines Gefühl, ein sehr feines Gefühl.

(*Male herein mit ihrem Pudel, Napoleon.*)

MALE (*weinend*): Die armen Kinderchen!

LABAN: Was ist geschehen?

MALE: Was sie ausgestanden haben. Angst! Hunger! Wo ist der Menschenräuber?

LABAN (*zum Hageren*): Herr Emil kann von Glück sprechen.

DER HAGERE: Herr Emil hat Dunkelstein verlassen.

MALE: Das ist mir ein Held! Wen soll ich jetzt verprügeln? Einer muß Prügel bekommen!

(*James hinein.*)

JAMES: Das junge Paar …

MALE (*gibt ihm eine Ohrfeige*): Dich zuerst! Du hast Dich aufgespielt, als wärst Du Napoleon selber.

(*Herein Rahel und Jakobo, gefolgt von der Volksmenge.*)

RAHEL: Male!!

MALE: Mein Kindchen! Mein Kindchen!

(*Kapelle marschiert spielend herein, Trubel.*)

RUFE: Rahel! Rahel!

RAHEL:

Rahelslied

Wenn der Tag vergeht,
Endet alles Leid,
Und das arme Herz
Ruht in Heiterkeit.

Grenzen hat das Meer,
Und die Welt ist klein,

Ohne Grenzen dumm
ist der Mensch allein,

Heut dem Weh vertraut,
Morgen stürzt er blind,
Immer bleibt der Mensch,
Seines Wahnes Kind.

Glaubt den Weisen jetzt,
Folgt der Narren Rat.
Schmäht was er gerühmt,
Flieht die eigene Tat.

Was die Erde trägt,
Alles wäre sein,
Und wer glücklos ist
Könnte glücklich sein.

Grenzen hat das Meer,
Und die Welt ist klein,
Ohne Grenzen dumm
Ist der Mensch allein.

(*Jubel der Menge.*)
RAHEL: Wo ist Noah?
DER HAGERE: Im Gefängnis.
RAHEL: Der Arme!
LABAN: Tomas, warum ist Noah noch eingesperrt?
TOMAS: Weil er kein politischer Verbrecher ist. Weil er einen gemeinen Diebstahl begangen hat.
LABAN: Sie holen Noah aus dem Gefängnis, sofort!
TOMAS (*zum Hageren*): Die Kinder haben Noah so gerne. Darf ich die Kinder mitbringen?
DER HAGERE: Das Kriegslied dürfen Sie nicht singen.
TOMAS: Aber das Friedenslied.
(Tomas *ab. Musikalische Pantomime. Tanz.*)
RAHEL (*tanzend zu Jakobo*): Du hast wundervoll gesprochen.
JAKOBO: Weil ich von Dir gesprochen habe.

RAHEL: Trotzdem wir verheiratet sind.

JAKOBO: Schon zwei Stunden.

RAHEL: Wirst Du auch von mir sprechen, wenn wir zwei Jahre verheiratet sind?

JAKOBO: Ich liebe Dich.

RAHEL: Immer?

JAKOBO: Ewig.

(*An der Tür Tumult.*)

JAMES: So darfst Du nicht hereinkommen. Wie siehst Du aus? Noch schmutziger. Und vorbestraft bist Du auch.

NOAH: Da hast Du wieder recht.

RAHEL (*erblickt* Noah. *Eilt auf ihn zu. Küßt ihn*): Noah!

(*Male will auch Noah küssen.*)

NOAH: Nein, Male, nein. Zwei alte Leute. Was soll Napoleon denken?

NOAH (*zu James*): Ist wieder Friede?

JAMES: Hast Du es nicht gewußt?

NOAH: Ich bin halt ein Trottel … (*auf das Plakat* Es lebe der Krieg *deutend.*) Das Plakat ist auch ein Trottel!

(*Noah geht zum Plakat, dreht es um.* Nie wieder Krieg.)

NOAH: Man muß es nur umdrehen.

(*Musik, alle singen das Friedenslied.*)

CHOR:

Wir sind die Soldaten des Friedens,
Bataillone der neuen Armee.
Wir sind die Soldaten der Liebe,
Auf dem Land, in der Luft, auf der See.

(*Dunkel.*)

Siebentes Bild

(Während die vordere Bühne sich verdunkelt,
leuchtet die Olympische Scene, wie im ersten Bild auf.)

NAPOLEON: Eine Zigarette, lieber Franziskus?

FRANZISKUS: Danke, ich rauche niemals.

NAPOLEON: Whisky?

FRANZISKUS: Danke, ich trinke niemals.

NAPOLEON: Sie sind nicht glücklich, lieber Franziskus?

FRANZISKUS: Wieviel Zeit ist vergangen, seit Sie das Kriegstelegramm abgesandt haben?

NAPOLEON: Für uns im Olymp der Hauch einer Sekunde. Für die Menschen ein irdischer Tag.

FRANZISKUS: Daß ein Tag soviel Schrecken, soviel Grausamkeit, soviel Leid, soviel geistige Armut fassen kann ... ich habe Mitleid mit den Menschen.

NAPOLEON: Sie sehen nur das Leid. Waren nicht viele Menschen glücklich? Glücklich sterben zu dürfen?

FRANZISKUS: Das ist ja das Furchtbare.

NAPOLEON: Diesen Mut sich zu schlagen und zu sterben, nenne ich Heldenmut.

FRANZISKUS: Haben so wenig Menschen den Mut zu leben? Selbst für den Frieden sind sie eher bereit zu sterben als zu leben.

NAPOLEON: Weil Friede kein Ideal ist, für das es sich lohnt zu leben.

FRANZISKUS: Liegt das vielleicht am Frieden? ... Vielleicht sollten wir darüber nachdenken, was Friede ist, und was Friede sein könnte. Vielleicht ist der Friede, von dem die Staatsmänner soviel sprechen garnicht der rechte Friede.

(Stille.)

NAPOLEON: Etwas geht mir nicht aus dem Kopf. Woher wußte dieser Mann, wie hieß er doch, Laban, glaube ich, woher wußte dieser Laban, daß alles nur Komödie war?

FRANZISKUS: Welch eine bittere Komödie!

NAPOLEON: Wie konnte er es wissen? Radio und Telegraphen waren gestört. Der Zugverkehr war eingestellt. Aeroplane konnten nicht landen. Sie hatten doch meine Befehle befolgt, Fräulein?

ENGEL *(leise)*: Ja, Majestät.

NAPOLEON (*auf und ab gehend*): Woher wußte es dieser Laban? (*Napoleon bleibt vor dem Engel stehen, blickt ihn scharf an.*)

NAPOLEON: Sie haben neue Flügel?

ENGEL (*schweigt.*)

NAPOLEON: Klein. Elegant. Echte Pariser Flügel! Woher haben Sie diese Flügel?

ENGEL: Ich habe ... (*Posaunenton.*)

NAPOLEON: Woher?

ENGEL: Ich habe ... (*Posaunenton.*)

NAPOLEON: Die Wahrheit!

ENGEL: Ich habe ... (*starker Posaunenton.*)

FRANZISKUS: Liebe englische Schwester, hörten Sie die dreifache Warnung?

NAPOLEON: Sie haben das Geheimnis verraten?

ENGEL: Ja, Majestät.

NAPOLEON: Sie haben sich bestechen lassen?

ENGEL: Ja, Majestät ... Die alten Flügel waren so häßlich.

NAPOLEON: Auf Erden habe ich niemals Frauen in Staatsgeheimnisse eingeweiht ... Schön sind die Flügel, sehr elegant.

ENGEL: Nicht wahr, Majestät? Jetzt bin ich wunschlos glücklich.

FRANZISKUS: Wann werden die Menschen wunschlos glücklich sein?

NAPOLEON: Niemals.

FRANZISKUS: Wann endlich wird der Friede auf Erden einziehen?

NAPOLEON: Seit Jahrtausenden wissen die Klugen, daß der Friede ein Traum der Toren ist.

FRANZISKUS: Eines Tages wird der Traum sich erfüllen. Die Liebe wird stärker sein als der Haß, die Wahrheit stärker als die Lüge, und die Menschen werden sehen und sich erkennen, und es wird Friede sein auf Erden.

NAPOLEON: Wann wird dieser Tag sein?

FRANZISKUS: Wenn die Klugen schweigen. Wenn die Toren handeln.

(*Während leise, sanfte, Musik ertönt, schließt sich die Bühne.*)

(*Ende.*)

66

Anhang

Ernst Toller

Lithographie von Emil Stumpp (1886-1941)
Berlin-Charlottenburg, 20.02.1926
(Repro nach R. Lütgemeier-Davin: Köpfe der Friedensbewegung)

Eine Jugend in Deutschland

(Auszüge aus der Autobiographie)[1]

1933

Ernst Toller

DRITTES KAPITEL

Kriegsfreiwilliger | 1914

Als der Zug in Lindau, auf deutschem Boden, einläuft, singen wir wieder „Deutschland, Deutschland über alles". Wir winken den bayerischen Landwehrmännern zu, die den Bahnhof bewachen, jeder von ihnen ist das Vaterland, die Heimat; wenn ihre Vollbärte wedeln, hören wir die deutschen Wälder rauschen. Schwitzend vor Würde läuft ein spitzbäuchiger Reservemajor auf und ab, mitten in unseren Gesang fistelt seine Knödelstimme: „Niemand aussteigen!" Die Vollbärte wedeln nicht mehr, streng und unnahbar stellen sich die Soldaten vor die Coupétüren. Endlich dürfen wir den Zug verlassen. Unsere Pässe werden kontrolliert, unsere Koffer durchsucht, unser Gefühl prallt ab an der Mauer betonierter Ordnung. Nach stundenlangem Warten werden wir in einen Güterzug verladen, jeder Waggon trägt die Aufschrift: sechzehn Mann oder acht Pferde; rohe harzduftende Bretter dienen als Sitzbänke. Wir wissen nicht, wohin uns der Zug führt, was liegt daran, wo er auch halten mag, es wird eine deutsche Stadt sein.

Ich habe die Stimmen der Menschen noch im Ohr, die schrien, daß Frankreich angegriffen sei, jetzt lese ich in deutschen Zeitungen, daß Deutschland angegriffen wird, und ich glaube es. Französische Flieger, sagte der Reichskanzler, haben Bomben auf bayerisches Land geworfen, Deutschland wurde überfallen, ich glaube es.

An den Bahnhöfen schenkt man uns Karten mit dem Bild des

---

[1] Textquelle | Ernst TOLLER: Eine Jugend in Deutschland. Amsterdam: Querido Verlag 1933. (Erstauflage, XV, 287 Seiten) – Die Textdarbietung hier folgt der Gutenberg-Digitalfassung, die auf der Ausgabe des *Reclam*-Verlags basiert; ausgewählt wurden die Kapitel 3-10 der Autobiographie.

Kaisers und der Unterschrift: „Ich kenne keine Parteien mehr."
Der Kaiser kennt keine Parteien mehr, hier steht es schwarz auf weiß, das Land keine Rassen mehr, alle sprechen eine Sprache, alle verteidigen eine Mutter, Deutschland.

Wenn wir über Brücken fahren, dürfen die Fenster nicht geöffnet werden. „Hütet euch vor Spionen!" schreien die Plakate. „Seid vorsichtig in euren Gesprächen!" warnen die Schilder. Je länger die Fahrt dauert, desto mißtrauischer werden wir. Es soll von russischen und französischen Agenten wimmeln. Ich sehe meinen Nachbarn an, einen biederen schwäbischen Viehhändler, dessen geröteter Kropf vor Erregung zittert, mein Nachbar sieht mich an, wir senken den Blick krampfhaft zu Boden, die Luft ist geladen mit unbrüderlichem Mißtrauen.

Ich habe mich entschlossen, nicht erst nach Hause zu fahren. In München müssen wir den Zug verlassen, es ist späte Nacht. Ich gehe in ein Hotel. Am nächsten Morgen werde ich mich als Freiwilliger melden.

Es ist nicht so leicht, Soldat zu werden. Die Kasernen sind mit Freiwilligen überfüllt, bei der Infanterie und Kavallerie werde ich abgewiesen, ich soll warten, Freiwillige werden nicht mehr eingestellt. Ich gehe durch die Straßen Münchens, am Stachus tobt Tumult, einer will gehört haben, wie zwei Frauen französisch sprechen, die zwei Frauen werden verprügelt, sie protestieren in deutscher Sprache, sie seien Deutsche, es hilft ihnen nichts, mit zerrissenen Kleidern, zerrauften Haaren und blutigen Gesichtern werden sie von Schutzleuten zur Wache geführt.

Im Englischen Garten setze ich mich auf eine Bank, über die alten Buchen streicht ein lauer Wind, es sind deutsche Buchen, nirgends auf der Welt wachsen herrlichere. Neben mir sitzt ein hagerer Mensch, selbst sein Adamsapfel, spitz und riesig, erscheint mir liebenswert. Er steht auf, er geht fort, er kommt mit anderen Menschen wieder. Verwundert sehe ich, wie man auf mich zeigt, dann auf meinen Hut, dessen Futter, allen sichtbar, mit großen blauen Buchstaben den Namen des Lyoner Hutfabrikanten trägt. Ich nehme meinen Hut, gehe weiter, die Gruppe, zu der andere Neugierige stoßen, folgt mir, ich höre erst einen, dann viele rufen: „Ein Franzose, ein

Franzose!" Ich denke an die „Französinnen" vom Stachus, beschleunige meine Schritte, Kinder laufen neben mir her, weisen auf mich mit Fingern, „ein Franzos, ein Franzos!", zum Glück begegnet mir ein Schutzmann, ich zeige ihm meinen Paß, die Menschen umringen uns, er zeigt ihnen meinen Paß, unwillig und schimpfend zerstreuen sie sich.

Nachmittags gerate ich in einen Zug, der zum italienischen Konsul zieht. Italien kämpft mit uns, heißt es, wir singen „Deutschland, Deutschland über alles", wir lassen Italien hochleben und die Treue unserer Verbündeten.

Am nächsten Morgen melde ich mich bei der Artillerie, der Arzt untersucht mich, schüttelt den Kopf, ich habe Angst, daß ich nicht angenommen werde, ich sage, der Augenschein trügt, ich bin stark und gesund, ich muß angenommen werden, ich will in den Krieg. Der Arzt lächelt gutmütig, ich bin angenommen.

Die alte vertragene Uniform schlottert um meine Glieder, die Stiefel drücken mich, und meine Füße schmerzen, aber ich bin stolz, endlich bin ich Soldat, aufgenommen in die Reihen der Vaterlandsverteidiger. Ich kann einen Gemeinen nicht von einem General unterscheiden, so grüße ich mit geblähter Brust jeden, der mir begegnet. In der Trambahn spricht mich ein bieraufgeschwemmter Spießer an. Aus dem Rock zieht er die Zigarrentasche, öffnet sie, links liegen helle gute Zigarren, rechts verkümmerte schwärzliche mit prahlerischer Bauchbinde, er zeigt auf die mit der Bauchbinde, ich muß eine nehmen, jovial schlägt der Mann mir auf die Schenkel: „A Pardon gebens den verkommenen Franzosen fei net, Herr Krieger!" An der nächsten Haltestelle verläßt er den Wagen, noch bevor der Schaffner merkt, daß er kein Billett gekauft hat.

Alte Unteroffiziere und junge Kadetten lehren uns, wie ein richtiger Mann stillzustehen und wie er sich zu rühren hat. Wir lernen, daß niemand ein Held des Krieges werden kann, der den Stechschritt des Friedens nicht „wie im Schlaf" beherrscht.

Zwei- oder dreimal am Tag läuten die Glocken. Wir werden zusammengerufen. Der Offizier verkündet neue Siege. Wir schreien „Hurra!". Wenn die Truppen so weiter siegen, wird der Krieg ohne uns gewonnen.

Mitte August verlassen wir, blumengeschmückt, von Frauen und Kindern begleitet, München. Noch ziehen wir nicht ins Feld. Mit unbekanntem Ziel fährt der Zug ab. Tagelang fahren wir. Auf einer Bahnstation, an der wir halten, steht im Nebengeleis ein Lazarettzug. An Krücken humpelt mit zerrissenen und blutbefleckten Kleidern einer, dem sie ein Bein weggeschossen haben. Ich sehe zum erstenmal einen Verwundeten. Ich sehe ein lehmgelbes, eingefallenes Gesicht, müde, blicklose Augen, in der Brust spüre ich einen stechenden Schmerz, ich habe Angst, ich will keine Angst haben, ich will nicht weich werden, was liegt an uns, ich denke an Deutschland.

Mitten in der Nacht schreckt uns eine Stimme aus dem Schlaf, wir fahren über den Rhein. Wir springen auf, wir öffnen die Fenster, unter uns fließt schwarz und still der Rhein. Die Kadetten ziehen die Säbel aus der Scheide, „Achtung!" schreit einer, ein andrer singt „Die Wacht am Rhein", wir singen mit und schwingen drohend unsere Gewehre.

Ja, wir leben in einem Rausch des Gefühls. Die Worte Deutschland, Vaterland, Krieg haben magische Kraft, wenn wir sie aussprechen, verflüchtigen sie sich nicht, sie schweben in der Luft, kreisen um sich selbst, entzünden sich und uns.

In Bellheim in der Pfalz, nahe der Festung Germersheim, beziehen wir Quartier. Der Lagerraum einer chemischen Fabrik dient uns als Schlafraum, der beizende Dunst der Säuren vermischt sich mit den Ausdünstungen unserer Körper, eine Strohstatt ist unser Lager, ein Pferdewoilach unsere Decke. Das Stroh wird von unseren kotbespritzten Stiefeln dumpf und faulig, die Decke feucht und schimmlig. Wir beklagen uns nicht, je härter, um so besser, die im Schützengraben haben kein Dach überm Kopf, jede Entbehrung bringt uns ihnen näher. Werden zu schmutzigen Arbeiten Freiwillige verlangt, melden sich alle. Wenn ich das stinkende Klosett reinige, fühle ich mich ausgezeichnet und erhöht. Zu essen gibt es reichlich, zu reichlich. Jeden Tag sind die Abfallfässer vollgepfropft mit vertrockneten Broten und fetten Fleischstücken.

Die Vorgesetzten wissen mit unserm Enthusiasmus nichts anzufangen. Wir werden sinnlos gedrillt. Hat es geregnet, ist der Exerzierplatz aufgeweicht und schlammig, bekommt die Stimme des

Unteroffiziers einen süßlich schmierigen Ton: „Hinlegen!" flötet er. „Aufstehen! Hinlegen! Aufstehen!" Wir schmeißen uns in den Dreck, wir stehen auf, wir schmeißen uns wieder in den Dreck, wir müssen mit dem Kopf im Schlamm liegenbleiben, nach der Exerzierstunde starren wir vor Nässe und Schmutz. Auf dem Heimweg befiehlt der Feldwebel, daß wir das Lied „Wie ein stolzer Adler" singen. Einer bittet, man soll uns frisches Stroh geben, der Wunsch wird nicht erfüllt. Erst als das Ungeziefer uns nicht mehr schlafen läßt, und selbst beim Appell die Soldaten sich jucken und kratzen und der Arzt feststellt, daß alle ohne Ausnahme Filzläuse haben, muß das Stroh verbrannt und der Raum desinfiziert werden.

Im Januar 1915 verlassen wir die Pfalz. Vor unserer Abfahrt hält der Hauptmann eine Rede: Wir kämen zwar in deutsches Land, aber verdächtige Menschen wohnten dort, fast Feinde, vor denen wir uns in acht nehmen müßten, wir würden bei Bürgern einquartiert werden, aber wir dürften ihnen nicht trauen und müßten nachts die Stuben verriegeln und die Waffen bereithalten.

Das Land, von dem der Hauptmann spricht, ist Elsaß-Lothringen, seit dreiundvierzig Jahren deutsches Reichsland.

Wir beziehen in den Dörfern vor Straßburg Quartier. Wir heißen jetzt Ersatzbataillon des 1. Fußartillerieregiments. Ich wohne bei einem Gastwirt, der an der russischen Front kämpft, seine Frau und seine Tochter, deren Mann in Frankreich kämpft, verwalten die Wirtschaft. Ich werde mit gutem Wein und gutem Essen freundlich aufgenommen, aber ich bin mißtrauisch am ersten Abend, ich verschließe die Tür und lade mein Gewehr. Ich träume, die alte und die junge Frau schlagen meine Tür ein, und während mich die junge festhält, schneidet mir die alte mit einem Küchenmesser die Kehle durch. Schreiend fahre ich auf, es hat an meine Tür geklopft, draußen steht die Alte und fragt mich, ob ich zum Frühstück ein Ei essen möchte, ob ich schmutzige Wäsche habe, ich solle mich um nichts sorgen, sie werde alles in Ordnung halten. Am nächsten Abend lasse ich meine Tür offen und die Munition in der Patronentasche. Einmal, als ich mit der jungen Frau mich unterhalte, klagt sie über das Mißtrauen der Offiziere und Beamten, der elsässische Soldat werde kontrolliert und bespitzelt, die Bevölkerung schikaniert, was den Franzosen nicht gelänge, würden die Preußen erreichen: das Band zu Deutschland würde zerschnitten.

Wir werden weitergedrillt, auf dem Exerzierplatz hören wir jeden Tag, daß uns „die Eier geschliffen werden müssen".

Der Vormarsch in Frankreich ist zum Stillstand gekommen, niemand weiß warum, von der verlorenen Marneschlacht haben die Zeitungen nichts berichtet, die Deutschen siegen immerfort, trotzdem ist Paris nicht gefallen, trotzdem geht der Krieg weiter. Es ist März 1915, die Untätigkeit wird unerträglich. Den halben Tag stehen wir wartend umher, zwischen Warten und Drill verrinnt die Zeit. Ab und zu werden vom Feld Soldaten angefordert. Als eines Tages der Hauptmann drei kräftige Leute für einen Zug in Frankreich aussucht und wieder an mir vorbeigeht, trete ich unmilitärisch vor und melde mich.

„Sie sind nicht kräftig genug", sagt der Hauptmann.

„Ich bin noch kräftiger, ich ertrag's nicht mehr hier, ich will ins Feld!"

Der Feldwebel erstarrt, die Unteroffiziere werfen mir wütende Blicke zu, der Hauptmann weiß nicht recht, was tun, er schwankt, ob er mich bestrafen soll, er dreht sich um und schreit dem Feldwebel zu:

„An die Front mit ihm!"

VIERTES KAPITEL
Die Front

Wir fahren über Metz der Front entgegen. Erst werden die Gespräche krampfhaft laut, wir kreischen uns Worte zu, alberne, zotige, törichte Worte, wir recken unsere Körper, wir ziehen die Knie an und sehen mit harten Augen in die Nacht. Wir fühlen uns als Frontsoldaten, wir spielen Frontsoldaten, wir öffnen die Patronentaschen, wir zählen die scharfe Munition, wir hantieren an den Schlössern unserer Karabiner. Die Worte werden leiser, sie tropfen in die dicke, stehende Luft. Die Lichter in den Abteilen verlöschen. Mit geblendeten Scheinwerfern fährt der Zug weiter. Nun spricht keiner mehr, wir atmen stiller, die verkrampfte Haltung löst sich, wir spielen nicht mehr Frontsoldaten, da wir die Front hören. Bald nach Metz hämmert sie an unsere Ohren. Der Zug hält auf offener Strecke, wir steigen aus. Leute stehen da, die uns erwarten. Wir marschieren durch die Nacht, Regen weicht unsere Kleider, die Tornister drücken, wir erreichen ein Dorf. Wir stolpern durch Straßen, der Führer klopft an Fensterläden, eine Tür wird geöffnet, wir treten in die Küche des Geschützzuges, dem wir zugeteilt worden sind. Ein dicker Soldat gibt uns heißen Kaffee.

„Alle drei Kriegsmutwillige!" schreit unser Führer.

„Drei Idioten mehr", sagt der Koch.

Vor Tag wache ich auf. Ich gehe durch das Dorf, vorbei an den schwarzen Brandmauern zerschossener Häuser, ich falle in Granatlöcher, die die Straßen zerwühlen. Die Tür einer Kirche steht offen. Ich gehe hinein, grau fällt der Tag durch die zerspellten Scheiben, meine schweren Stiefel hallen auf den Fliesen des steinernen Bodens. Vor dem Altar liegt ein Soldat. Wie ich mich über ihn beuge, sehe ich, daß er tot ist. Der Kopf ist in der Mitte aufgebrochen, wie riesige Eischalen klaffen die Hälften auseinander, das Gehirn quillt breiig darüber.

Unsere Geschütze stehen auf halber Höhe vor Pont à Mousson. Wir kommen morgens an, mit Kaffeekesseln und Brot für die Mannschaft beladen, die Soldaten sitzen mit nacktem Oberkörper vor den Unterständen, die Hemden auf ihre Knie gebreitet, und knacken die Läuse, die in den Nähten sich eingenistet haben.

Auf dem Weg zum Geschütz höre ich das Surren eines Flugzeuges. Neugierig bleibe ich stehen, erkenne auf der unteren Tragfläche des Apparates den Kreis der Trikolore.

„Hinschmeißen!" ruft unser Führer.

Vielstimmiges Pfeifen, der Flieger hat zwei Bündel kleiner stählerner Pfeile auf unsere Gruppe geworfen. Niemand ist verletzt.

„Net amal a kloaner Heimatschuß", sagt unser Führer. „Dei Vorgänger hat mehr Schwein ghabt", wendet er sich zu mir, „als er grad auf der Latrin gsessen is, hat eahm a Schrapnell dawischt, jetzt hat er sei Ruah im Lazarett."

Der Beobachterstand liegt in der Talmulde vor der Kuppe des Berges. Ich sehe durchs Scherenfernrohr, sehe die Schützengräben der Franzosen, dahinter Pont à Mousson, die zerschossene Stadt, die Mosel, die durch die Landschaft des Vorfrühlings weich und träge sich schlängelt. Ich beginne zu unterscheiden: In den Straßen der Stadt marschiert eine Gruppe französischer Soldaten. Sie löst sich, die Soldaten gehen einzeln in den Laufgraben, der zur vorderen Linie führt. Wieder marschiert eine Gruppe.

Am zweiten Fernrohr steht der Leutnant.

„Sehen Sie die Franzosen?" fragt der Leutnant.

„Ja."

„Wollen ihnen Zunder geben."

„Granate zweiundzwanzighundert", ruft der Leutnant hinüber zum Telephonisten.

„Granate zweiundzwanzighundert", wiederholt der Telephonist.

Ich starre durchs Scherenfernrohr. Eine rote Fieberwelle überspült mein Hirn, Erregung befällt mich wie vorm Spieltisch, wie auf der Jagd, mein Herz trommelt, die Hände zucken. In der Luft hohles Gurgeln, drüben steigt eine braune Staubsäule auf.

Die Franzosen stieben auseinander, nicht alle, etliche liegen am Boden, Tote, Verletzte.

„Volltreffer!" ruft der Leutnant.

„Hurra!" schreit der Telephonist.

„Hurra!" schreie ich.

Jeden Mittag um elf Uhr platzen mit automatischer Pünktlichkeit über unseren Geschützen ein Dutzend Schrapnellschüsse. Wir sind daran gewöhnt, wir wissen, welche feindlichen Geschütze uns zum Ziel ausersehen, wir schießen die Antwort eine Stunde später. Fünf Minuten vor elf sagt Josef:

„Machts, daß eim kimmts."

Wir sagen: „Geh, so schnell schießen die net, mir habn no fünf Minuten Zeit." Dann verschwinden wir im Unterstand und spielen Tarock. Die französischen Geschosse tun unseren Kanonen nichts, die deutschen Geschosse tun den französischen Kanonen nichts, man schießt als Zeichen, daß noch Krieg ist, daß die drüben da sind, daß wir da sind. Wir sitzen im Unterstand. Elf Uhr, elf Uhr zwei, elf Uhr zehn.

„Kreuz sieben", sagt Alois. „Kreuz As", sage ich. „Gstocha", sagt Josef. Aber er nimmt die Karten nicht auf. „Himmi Kruzitürken", schreit er, „warum schiaßen denn die Luader net?" – „Dena ihr Uhr wird nachgehn", sagt Alois, schweigend spielen wir zehn Minuten. Unheimlich ist diese Stille. Zwanzig Meter vom Geschütz krepiert eine Granate. „Na endli", ruft Alois. „Trumpf!" Wieder krepiert eine Granate. „Dös san net unsere Franzosn", schreit Alois und wirft die Karten hin. Ein Granatsplitter fliegt krachend gegen die Tür des Unterstands. Das Telephon klingelt. „Alles in den Laufgang!"

Wir stürzen in den Gang, der vom Unterstand seitlich in den Berg sich gräbt. Die Decke über unseren Köpfen ist kaum dreißig Zentimeter dick, darüber liegen Balken und Wellblech. Jeder Volltreffer wird uns zu Brei schlagen. Aber dieser lächerliche Graben gibt uns die Illusion vager Sicherheit. Ein Regen von Granatsplittern prasselt auf unser Dach.

Unser ältester Landwehrmann, Bauernknecht aus Berchtesgaden, zieht seinen Rosenkranz hervor und betet leise. Franz singt ein Schnadahüpferl.

„Halts Mäu", sagt verkniffen Sebastian, „versündig di net."

Von ungeheurem Krach und Getose zittert der Unterstand. Unser zweites Munitionsdepot ist in die Luft geflogen. Sebastian hat aufgehört zu beten, Franz stiert zur Decke. Zwei Stunden trommeln die Geschosse über unseren Köpfen. Das Warten lähmt. Kein Befehl kommt vom Beobachterstand. Vielleicht ist die Telephonleitung zerschossen.

Jetzt antworten unsere schweren Geschütze.

„Zwei müssen hinaus", sagt der Unteroffizier. Josef und ich springen den Abhang hinauf, Kugeln und Splitter surren und pfeifen. Wir erreichen den Beobachterstand. Das feindliche Feuer hat nachgelassen. Ab und zu wühlen sich Granaten in unsern Berg, Zeitzünder, braune Staub-Geysire schießen in die Luft. Wie wir zu unseren Geschützen zurückkommen, sehen wir uns die Bescherung an.

„Schwindel", sagt Josef.

„Der Krieg", sagt Josef.

Endlich sind wir in Ruhestellung. Seit Wochen hängt mir die Uniform am Leib, seit Wochen habe ich mich nicht mehr reinigen können. Ich hole mir einen Eimer Wasser, ich reiße mir die Kleider herunter, ich seife und bürste mich mit genießerischer Freude. Wie ich so dastehe, nackt, prustend, nähert sich Sebastian, der Bauernknecht aus Berchtesgaden. Er ist fromm, und er begreift nicht, warum dieser Krieg tobt. Wenn sie ihm von Hause Schinken und Speck schicken, setzt er sich mit abgewandtem krummem Rücken in einen Winkel und ißt und stiert und sinnt. Vielleicht sind die Preußen „an der Gaudi" schuld, bestimmt sind sie schuld. Die können ja nie nicht das Maul halten, wegen ihnen hat König Ludwig II. dran glauben müssen, wenn der leben tät', manche sagen, er ist gar nicht ertrunken, er lebt, der Bismarck hat die Bayern beschissen, vorne und hinten, sein Großvater hat im Krieg 1866 ganz allein sechs Preußen gefangengenommen. „Ergebts euch", hat er geschrien, „die Bayern san da", und jetzt saufen sie uns das Bier weg aus der Kantine. Sebastian bleibt stehen, erblickt mich nackt und schließt vor Schreck die Augen. Er öffnet die Augen, er stopft seine Pfeife und sieht schief über mich hinweg in die Bäume.

„Jetzt woaß ma ja, warum der Krieg hat kemma müssn", brummt er. „Der Preiß wascht sich nackad."

Aus seinem Mundwinkel zischt ein Strahl Spucke.

„Saupreiß!" ruft er und geht in den Unterstand und haut sich aufs Stroh.

In Kellern und Scheunen, in schmalen Kämmerchen und in Küchenecken hausen die französischen Einwohner, die der Krieg in den Frontdörfern zurückließ, Schiffbrüchige, die auf Planken leben, morgen stößt sie ein Sturm ins Bodenlose. Ohnmächtige Zeugen ihres eigenen Untergangs, das Dorf, in dem Eltern und Ureltern wohnten, wird zerschossen, den Acker pflügen Kanonen, die Saat streuen Granaten, die Ernte, die wächst, heißt Tod und Heimatlosigkeit.

Was die Franzosen brauchen, um nicht zu verhungern, bekommen sie von den Deutschen, aber für ein Brot oder ein Stück Wurst verkauft sich manche Frau.

Soldaten und Bauern sind freundlich zueinander, sie kennen sich und ihre alltäglichen Gewohnheiten, sie vertrauen sich und schütteln den Kopf beim Wort Krieg, sie schimpfen gemeinsam über sinnlose Kommandobefehle, und wenn die Frauen des Dorfes antreten müssen zu niedriger Arbeit, fluchen sie gemeinsam „Merde".

Wir brauchen keine Angst zu haben, daß uns nichts mehr zu tun bleibt, kein Ende des Krieges ist abzusehen, die Heere haben in den Schützengräben Frankreichs, Polens, Rußlands, Asiens Quartier bezogen, die Soldaten singen: „Ach dieser Feldzug, er ist kein Schnellzug, wann wird die Hochzeit sein zu Köln am Rhein."

Unser Zugführer ist Student der Medizin, früher war er Kadett, er wurde aus dem Kadettenhaus verwiesen und mußte den Soldatenrock ausziehen, im Krieg hat man ihn zum Offizierstellvertreter befördert. Er trägt Leutnantsabzeichen, wir spotten über seine Eitelkeit, seinen Dünkel, seinen Größenwahn.

Als er einmal an mir vorbeigeht, grüße ich ihn nicht stramm und militärisch genug.

Am nächsten Tag verliest beim Rapport der Wachtmeister seinen Befehl:

„Toller tritt bis auf weiteres jeden Tag um elf Uhr fünfzehn Minuten mit kriegsmäßig gepacktem Tornister beim Beobachterstand an."

Um elf Uhr fünfzehn bin ich im Beobachterstand. Leutnant Siegel sitzt am Tisch und liest. Ich melde mich beim Gefreiten Sedlmeier.

„Die Strümpf san net vorschriftsmäßig packt."

„Zurück und noch mal antreten", flüstert Leutnant Siegel mit trockener Stimme.

Ich renne den Abhang hinunter, der in dieser Zeit von Schrapnellen bestrichen ist. Schwitzend laufe ich in den Unterstand, packe wieder den Tornister, laufe wieder hinauf.

„Wo is denn des Verbandzeug?" fragt Sedlmeier.

„Ich habe es liegenlassen."

„Zurück!" faucht Leutnant Siegel.

Sedlmeier schlägt die Hacken zusammen und lacht albern.

Wieder renne ich hinunter, wieder renne ich hinauf. Das Blut kocht mir vor Wut.

Drei Tage wiederholt sich das erbärmliche Spiel.

Ich sitze ohne Schlaf auf meinem Lager und starre vor mich hin.

„Ich schieß' den Kerl tot, wenn das so weitergeht", sage ich laut.

„Warum hat er so an Haß auf di?" sagt Franz.

„Ich weiß nicht."

„Aber i. Die Intellektuellen untereinander können sich nia net leiden."

In der Frühe melde ich mich beim Major des badischen Zuges, dem unsere Geschütze zugeteilt sind.

„Kriegsfreiwilliger Toller zum Rapport."

Der Major, ein aktiver Offizier aus Karlsruhe, mit gutmütigem aufgeschwemmtem Trinkergesicht, sieht mich erstaunt an, ich habe den Dienstweg übersprungen, er müßte mich einsperren. Ich erzähle ihm, was geschehen ist. Der Major schweigt, ich weiß, auch er mag den falschen Leutnant nicht.

„Setzen Sie sich und trinken Sie einen Schnaps", sagt der Major. „Was sollen wir mit Ihnen anfangen?"

„Weg möcht' ich, Herr Major."

„Wohin?"

„Am liebsten zur Infanterie."

„Warum zur Infanterie? Was haben Sie gegen die Artillerie?"

„Wir schießen und wissen nicht, auf wen. Die drüben schießen, wir wissen nicht wer. Ich will den Feind sehen, gegen den ich kämpfe."

„Sie schreiben Gedichte?" sagt der Major.

„Zu Befehl, Herr Major."

„Wohl moderne? Als Dichter Kampf der Romantik, als Soldat wünschen Sie sich einen kleinen romantischen Krieg. Prost."

„Prost, Herr Major."

„Wohin wollen Sie?"

„Zu den Revolverkanonen im Priesterwald."

„Meinetwegen. Wenn Sie davonkommen, schicken Sie mir Ihre neuen Gedichte."

„Zu Befehl, Herr Major."

Zwei Stunden später sagt mir der Wachtmeister, daß ich versetzt bin. Ich packe meinen Tornister, schmeiße die Sachen durcheinander und melde mich beim Leutnant. Mit schleimigem Lächeln empfängt mich der Leutnant.

„Wollen uns versöhnen", sagt er und will mir die Hand reichen.

Ich mache kurz kehrt.

„Halt!" ruft er. – Ich drehe mich um.

„Haben Sie nicht gesehen, daß ich Ihnen die Hand geben wollte?"

„Jawohl, Herr Leutnant."

„Was fällt Ihnen ein?"

„Wenn es ein dienstlicher Befehl ist", sage ich und strecke steif die Hand hin. Der dünne Hals schwillt rot an.

„Scheren Sie sich zum Teufel!"

„Jawohl, Herr Leutnant."

Zerschossener Wald, zwei armselige Worte. Ein Baum ist wie ein Mensch. Die Sonne bescheint ihn, er hat Wurzeln, die Wurzeln stecken in Erde, der Regen wässert sie, die Winde streichen über sein Geäst, er wächst, er stirbt, wir wissen wenig von seinem Wachsen und noch weniger von seinem Sterben. Dem Herbststurm neigt er sich wie seiner Erfüllung, aber es ist nicht der Tod, der kommt, sondern der sammelnde Schlaf des Winters.

Ein Wald ist ein Volk. Ein zerschossener Wald ist ein gemeucheltes Volk. Die gliedlosen Stümpfe stehen schwarz im Tag, und auch die erbarmende Nacht verhüllt sie nicht, selbst die Winde streichen fremd über sie hinweg.

Durch einen dieser zerschossenen Wälder, die überall in Europa verwesen, den Priesterwald, ziehen sich die Schützengräben der Franzosen und der Deutschen. Wir liegen so nahe beieinander, daß wir, steckten wir die Köpfe aus den Gräben, miteinander sprechen könnten, ohne unsere Stimme zu erheben.

Wir schlafen aneinandergekauert in schlammigen Unterständen, von den Wänden rinnt Wasser, an unserem Brot nagen die Ratten, an unserem Schlaf der Krieg und die Heimat. Heute sind wir zehn Mann, morgen acht, zwei haben Granaten zerfleischt. Wir begraben unsere Toten nicht. Wir setzen sie in die kleinen Nischen, die in die Grabenwand geschachtet sind für uns zum Ausruhen. Wenn ich geduckt durch den Graben schleiche, weiß ich nicht, ob ich an einem Toten oder einem Lebenden vorübergehe. Hier haben Leichen und Lebende die gleichen graugelben Gesichter.

Nicht immer müssen wir nach einem Platz für die Toten suchen. Oft werden ihre Körper so zerrissen, daß nur ein Fetzen Fleisch, an einem Baumstumpf klebend, an sie erinnert.

Oder sie verröcheln im Drahtverhau zwischen den Gräben.

Oder wenn Minen ein Grabenstück in die Luft sprengen, wird die Erde selbst zum Totengräber.

Dreihundert Meter rechts von uns, im Hexenkessel, liegt an einem Blockhaus, das zwanzigmal Besitz der Deutschen, zwanzigmal Besitz der Franzosen war, ein Haufen Leichen. Die Körper sind ineinanderverschlungen wie in großer Umarmung. Ein furchtbarer Gestank ging davon aus, jetzt bedeckt alle die gleiche dünne Decke weißen Ätzkalks.

Die Revolverkanonen werden zurückgezogen, ich werde zu einem Geschützzug östlich von Verdun versetzt. Die grünen dichten Kronen alter Buchen decken uns gegen feindliche Flieger, wir schießen, wir werden beschossen, im ganzen leben wir ein friedliches, langweiliges Leben. Nur auf das schlechte Essen wird geschimpft, bei den Ställen die Zahlmeister und Feldwebel essen gebratene Beefsteaks und schlagen sich den Bauch voll, das macht böses Blut. Auch daß die Offiziere in der Ruhestellung sich ein neues Kasino bauen lassen, während durch unsere Unterstände Regen rinnt, Bretter und Teerpappe für uns fehlen. Oder daß nahe unseren Geschützen ein betonierter Unterstand für den Stab gebaut wird, mit allem Komfort. „Kostet zwanzigtausend Mark", sagt ein Maurer, „mit so dicken Geldern kannst du mehr als einen Krieg überwintern."

Latrinengerüchte schwirren von Mund zu Mund, dort sollen Soldaten gemeutert, dort sich mit den Franzosen verbrüdert haben. Einem General hätten sie die Kaffeebrühe vor die Füße gegossen, einen Offizier im Graben erschossen.

Der Kaiser wird kommen, wir müssen antreten, der Hauptmann bestimmt die Soldaten, die die saubersten Uniformen tragen, so werden schließlich Köche, Schreiber und Offiziersburschen für die Kaiserparade gewählt und mit Eisernen Kreuzen dekoriert. Frontschweine haben da nichts zu suchen, sagen die Soldaten. Brüllendes Gelächter weckt die Nachricht, daß alle ihre scharfe Munition abgeben mußten, bevor sie vor des Kaisers Angesicht traten.

Am besten vertragen wir uns mit den aktiven Offizieren, ihre überlegene Art ist dem Sachlichen und Notwendigen zugewandt, verliert sich selten ans Kleinliche, am schlechtesten stehen wir mit den kleinbürgerlichen Reserveoffizieren, sie spielen sich auf und schikanieren bei jeder Gelegenheit, als müßten sie sich und uns beweisen, wie mächtige Herren sie geworden sind.

Franz bekam von Hause einen dünnhäutigen Regenmantel, ein junger Reserveoffizier hielt ihn an, was er sich einbilde, die Soldaten hätten sich an Regen und Dreck zu gewöhnen, zum Spaß sei der Krieg nicht da, wenn der gemeine Mann heute einen Regenmantel trage, werde er morgen das Recht nehmen, sich Offiziersmützen aufzusetzen.

„Sterben können die Offiziere wie wir", sagt Franz, „aber leben können sie nicht mit uns."

Wir wissen vom Krieg nur, was sich in unserem kleinen Abschnitt begibt, von den anderen Fronten erzählen die Zeitungen; selbst das Bild der Gefechte, die wir erleben, formt sich für viele erst nach dem Bericht, das ursprüngliche Bild ändert seine Konturen oder wird verwischt und verdrängt.

In den Feuilletons der Zeitungen sind die Franzosen eine degenerierte Rasse, die Engländer feige Krämerseelen, die Russen Schweine; die Sucht, den Gegner herabzusetzen, zu beschimpfen und zu besudeln, ist so widerwärtig, daß ich in einem Aufsatz, den ich dem „Kunstwart" schicke, mich gegen diese Haltung, die uns selbst herabsetzt, wehre, der Redakteur schickt das Manuskript mit vielen gewundenen Phrasen zurück, man müsse auf die Volksstimmung Rücksicht nehmen. Dabei ist diese Volksstimmung in der Heimat gezüchtet, die Frontsoldaten „spucken darauf".

Das Dorf A. muß geräumt werden. Um sieben Uhr in der Früh kommt der Befehl, um sieben Uhr dreißig Minuten hat der letzte Einwohner das Dorf verlassen. Als ich um acht Uhr durch die stillen Straßen gehe, in Häuser trete, deren offene Türen niemandem wehren und niemanden einladen, bin ich doch nicht allein. In den Gängen und Stuben die Luft trägt die Wärme der Menschen, die hier gewohnt, und auch die Dinge haben sich nicht gelöst von ihren Besitzern, die Klinken bewahren den Druck der Hände, an Geschirr und Töpfen haften die sorgenden Blicke der Hausfrauen, Schränke und Kommoden bergen Kleider und Hausrat, den Geruch alltäglicher und festlicher Stunden, die Dinge lösen sich schwerer vom Menschen als die Menschen von ihnen, und wenn ein Mensch längst gestorben ist, bleiben sie ihm verhaftet. Hier sind die Menschen nur fortgezogen aus ihren Häusern, weil der Krieg sie verjagt hat, sie durften nichts mit sich nehmen, als was sie tragen konnten mit ihren Armen, jede Stube erzählt vom Schmerz der Wahl. Eine Frau hat

Bettwäsche gebündelt und ließ sie liegen. Eine andere Kleider aus einem Schrank gerissen und sie wieder hingeworfen. Einer, Mutter oder Kind, Spielzeug gesammelt und verschnürt, um sich am Ende davon zu trennen.

In der Stille des verlassenen Dorfes ist niemand, mich zu fragen, trotzdem sage ich laut, als ob ich einem der verjagten Menschen Rede stünde:

„Es mußte sein, auch dieses."

Und mit hastigen Schritten renne ich aus dem Dorf, niemand wird mich aufhalten, vor wem fliehe ich?

Ich bin Unteroffizier geworden. Jede Nacht habe ich Dienst im Graben bei der Infanterie, wir müssen das Mündungsfeuer der französischen Geschütze „anschneiden", aus der Pause von Licht und Schall läßt sich ihr Standort errechnen.

In drei Schichten wechseln wir ab, die erste Schicht beginnt um acht Uhr abends, die zweite um Mitternacht, die dritte um vier Uhr morgens. Nach ein paar Stunden Schlaf verlassen wir den Unterstand bei den Geschützen und laufen schweigend die aufgeweichten Wege zum Wald, der hinter der dritten Stellung liegt. Krachend und pfeifend, mit vielfachem Echo, explodieren Granaten und Schrapnells. Wir stolpern über Baumstümpfe, wir springen von Granatloch zu Granatloch, in Wassertümpel, in Schlamm. Gelbfeuriges Licht der Geschosse umflammt die Stämme, wir schauen nie nach dem Himmel, wir wissen nicht, ob Sterne uns leuchten oder die Finsternis wie ein schwarzer Sack über uns hängt, endlich finden wir den Laufgraben, und die Augen lösen sich von der Erde.

Wir stehen hinter der Grabenwand und lauern, Gewehrkugeln spritzen lichtzuckend in die Erde, Querschläger surren, Leuchtkugeln entfalten sich, schweben mit weißfahlem Schein über den Drahtverhauen, alle Geräusche vermischen sich mit den Stimmen der Nacht. Da, in der Ferne, blitzen Mündungsfeuer, wir schneiden sie an mit den Scherenfernrohren, wir zählen die Sekunden, bis mit dumpfer Gewalt das Geschoß zerreißt. Aber über allem Schrecken besänftigt die Nacht unsere Herzen, groß und feierlich umhüllt sie Erde und Kreatur, freier wird der Atem, stiller der Puls, sie bettet uns in den Strom der ewigen Gesetze.

Eines Nachts hören wir Schreie, so, als wenn ein Mensch furchtbare Schmerzen leidet, dann ist es still. ‚Wird einer zu Tode getroffen sein', denken wir. Nach einer Stunde kommen die Schreie wieder. Nun hört es nicht mehr auf. Diese Nacht nicht. Die nächste Nacht nicht.

Nackt und wortlos wimmert der Schrei, wir wissen nicht, dringt er aus der Kehle eines Deutschen oder eines Franzosen. Der Schrei lebt für sich, er klagt die Erde an und den Himmel. Wir pressen die Fäuste an unsere Ohren, um das Gewimmer nicht zu hören, es hilft nichts, der Schrei dreht sich wie ein Kreisel in unsern Köpfen, er zerdehnt die Minuten zu Stunden, die Stunden zu Jahren. Wir vertrocknen und vergreisen zwischen Ton und Ton.

Wir haben erfahren, wer schreit, einer der Unsern, er hängt im Drahtverhau, niemand kann ihn retten, zwei haben's versucht, sie wurden erschossen, irgendeiner Mutter Sohn wehrt sich verzweifelt gegen seinen Tod, zum Teufel, er macht so viel Aufhebens davon, wir werden verrückt, wenn er noch lange schreit. Der Tod stopft ihm den Mund am dritten Tag.

Ich sehe die Toten, und ich sehe sie nicht. Als Knabe habe ich auf Jahrmärkten Schreckenskammern besucht, darin in wächsernen Figuren die Kaiser und Könige, die Helden und Mörder des Tages gezeigt wurden. Die gleiche Unwirklichkeit, die Grauen zeugt, aber kein Mitleid, haben die Toten.

Ich stehe im Graben, mit dem Pickel schürfe ich die Erde. Die stählerne Spitze bleibt hängen, ich zerre und ziehe sie mit einem Ruck heraus. An ihr hängt ein schleimiger Knoten, und wie ich mich beuge, sehe ich, es ist menschliches Gedärm. Ein toter Mensch ist hier begraben. Ein – toter – Mensch.

Warum halte ich inne? Warum zwingen diese Worte zum Verweilen, warum pressen sie mein Hirn mit der Gewalt eines Schraubstocks, warum schnüren sie mir die Kehle zu und das Herz ab? Drei Worte wie irgendwelche drei andern.

Ein toter Mensch – ich will endlich diese drei Worte vergessen, was ist nur an diesen Worten, warum übermächtigen und überwältigen sie mich?

Ein – toter – Mensch –

Und plötzlich, als teile sich die Finsternis vom Licht, das Wort vom Sinn, erfasse ich die einfache Wahrheit Mensch, die ich vergessen hatte, die vergraben und verschüttet lag, die Gemeinsamkeit, das Eine und Einende.

Ein toter Mensch.

Nicht: ein toter Franzose.

Nicht: ein toter Deutscher.

Ein toter Mensch.

Alle diese Toten sind Menschen, alle diese Toten haben geatmet wie ich, alle diese Toten hatten einen Vater, eine Mutter, Frauen, die sie liebten, ein Stück Land, in dem sie wurzelten, Gesichter, die von ihren Freuden und ihren Leiden sagten, Augen, die das Licht sahen und den Himmel. In dieser Stunde weiß ich, daß ich blind war, weil ich mich geblendet hatte, in dieser Stunde weiß ich endlich, daß alle diese Toten, Franzosen und Deutsche, Brüder waren und daß ich ihr Bruder bin. – Nun kann ich an keinem Toten mehr vorbeigehen, ohne innezuhalten, sein Antlitz zu betrachten, dessen erdige Patina, eine undurchdringliche Mauer, ihn der vertrauten Zeit entrückt; wer warst du, frage ich, von wo kommst du, wer trauert um dich? Niemals frage ich: Warum mußtest du sterben? Niemals: wer ist schuld? Alle verteidigen ihr Land, der Deutsche Deutschland, der Franzose Frankreich, alle erfüllen ihre Pflicht.

Ich hole Kaffee aus der Feldküche. Am Wegrand sitzt ein Soldat, ein Knabe, dem die graue Uniform um die mageren Glieder schlottert, als gehöre sie nicht ihm, sondern seinem Vater, und er trage sie zu kindlichem Spiel. Der Knabe weint, er schlägt die Hände vors Gesicht, er preßt die Nägel in die Handwurzeln. Die Arme lösen sich, sinken kraftlos zu Boden, der Körper sackt zusammen.

„Junge", sage ich.

Der Knabe strafft sich blicklos.

„Junge", sage ich noch einmal.

Der Knabe sitzt starr da, aus den Augen rinnen willenlos die Tränen.

Ich berühre seine Schultern, er weist mit müder Bewegung des Kopfes nach rückwärts.

Dort liegt ein zweiter Knabe, eine Mütze bedeckt sein Gesicht. Ich hebe die Mütze auf. Blonde Strähnen fallen wirr auf die gewölbte Stirn, die Augen im schmalen, kantigen Gesicht sind geschlossen, der Mund, das Kinn … aber das ist blutiger Brei, der Knabe ist tot.

„Er war mein Freund", sagt der erste, „wir gingen in eine Schule, in eine Klasse. Er war ein Jahr jünger als ich, noch nicht siebzehn. Ich meldete mich freiwillig, er durfte nicht, seine Mutter wollte es nicht erlauben, er war der einzige Sohn. Er schämte sich, wir bettelten beide, endlich gab seine Mutter nach. Vor einer Woche kamen wir ins Feld, jetzt ist er tot. Was soll ich seiner Mutter schreiben?"

„Schreib, er hat seine Pflicht getan", will ich sagen, aber ich sag's nicht, im Munde bleibt ein fader Geschmack, ich packe die scheppernden Kaffeetöpfe.

„Schreib ihr gar nicht", rufe ich, „hör auf zu heulen, Junge."

Wieder ist Frühling. In der Waldlichtung aus den Gräbern der Soldaten sprießt Gras. Die Grabdecke ist dünn, zu dünn, von einem toten Soldaten hat der Regen die Erde weggespült, die seine Füße bedeckte, in schauriger Blöße wachsen zwei derbe rindslederne Stiefel aus dem Boden.

„Schuhnummer 48", sagt ein Berliner Infanterist, der neben mir steht.

In den Stiefeln verwesen Beine, die marschiert sind über die Felder Rußlands und Frankreichs, sie haben Stechschritt gelernt und sind im Parademarsch vorbeimarschiert an Generälen und vielleicht am Kaiser, sie konnten auf der Stelle treten nach den Geboten des Exerzierreglements, in Eilmärschen die Stellung wechseln und sich gegen den Boden stemmen, wenn es galt, ein Stück Stacheldraht zu verteidigen, sie waren mehr wert als ein Kopf und weniger als ein Gewehr. Millionen Beine verwesen in der Erde Europas, die Stiefel hat man ihnen mitgegeben ins dürftige Grabgewölbe, wie toten Königen das Zepter.

Ich ziehe mein Seitengewehr und breche damit Erdschollen, ich bedecke die Stiefel, die „ihre Pflicht" getan haben.

Hinter unseren Linien ist ein französisches Flugzeug brennend abgestürzt. Der Apparat war zertrümmert, der Führer verkohlt, nur die gelben Juchtenstiefel blieben unversehrt. Jetzt trägt sie der Gefreite vom zweiten Geschütz, er paradiert damit vor den französischen Mädchen im Dorf. *„Comme elles sont chiques"*, lachen die Mädchen, „Franzä", lacht der Gefreite, und er erzählt, wie er sie erobert hat, „Flieger bum, kaput". Die Mädchen blicken stumm und ängstlich zu Boden.

„Flieger kaput, la France kaput", sagt der Gefreite.

„Jamais", sagt zornig ein Mädchen.

„Ich und du amour", sagt der Gefreite.

Dreizehn Monate bleibe ich an der Front, die großen Empfindungen werden stumpf, die großen Worte klein, Krieg wird zum Alltag, Frontdienst zum Tagwerk, Helden werden Opfer, Freiwillige Gekettete, das Leben ist eine Hölle, der Tod eine Bagatelle, wir alle sind Schrauben einer Maschine, die vorwärts sich wälzt, keiner weiß, wohin, die zurück sich wälzt, keiner weiß, warum, wir werden gelockert, gefeilt, angezogen, ausgewechselt, verworfen – der Sinn ist abhanden gekommen, was brannte, ist verschlackt, der Schmerz ausgelaugt, der Boden, aus dem Tat und Einsatz wuchsen, eine öde Wüste.

Die Führungsringe von Blindgängergranaten hauen wir ab, aus Leichtsinn. Neulich ist eine krepiert und hat zwei Mann zerrissen, ist nicht alles gleichgültig?

Ich melde mich zum Fliegerkorps, nicht aus Tapferkeit, nicht einmal aus Lust am Abenteuer, ich will aus der Masse ausbrechen, aus dem Massenleben, aus dem Massensterben.

Bevor ich zur neuen Truppe versetzt werde, erkranke ich. Magen und Herz versagen. Ich komme ins Lazarett nach Straßburg. In ein stilles Franziskanerkloster. Schweigsame, freundliche Mönche pflegen mich. Nach vielen Wochen werde ich entlassen. Ich bin kriegsuntauglich.

FÜNFTES KAPITEL
Ich will den Krieg vergessen

Ich studiere an der Universität München. Maßlos ist mein Eifer, schweifende Neugierde treibt mich von Kolleg zu Kolleg. Vorlesungen über Staatsrecht höre ich mit der gleichen ernsten Erwartung wie die Vorträge Wölfflins über Dürer und Holbein. Immer ist mein Ohr gespannt, Paragraphen und Pandekten, Formen und Stile müssen ein Geheimnis bergen, ein Gesetz, einen Sinn. Das Besondere reizt meinen Hunger nach Wissen, das Allgemeine, das ich suche, bleibt mir verborgen.

Ich vergnüge mich im literaturgeschichtlichen Seminar des Professor Kutscher. In Hauptmannsuniform, das Eiserne Kreuz auf der

Brust, sich leicht auf den Krückstock stützend, steht er auf dem Katheder, schmuck und ein Freund der Modernen. Einmal in der Woche lädt Kutscher die Studenten in ein Gasthaus. Thomas Mann, Karl Henckell, Max Halbe lesen aus ihren Werken, Frank Wedekind singt im harten Stakkato seine herrlichen diabolischen Balladen. Nachher gehen wir stundenlang durch die nächtlichen Straßen, wir schleudern uns die Modeworte der Literaturkritik an den Kopf, wir verteidigen und verdammen Schriftsteller und Werke. Jeder hat die Schublade voll mit Manuskripten, jeder träumt vom Ruhm, jeder hält sich für begnadet und auserwählt.

Der Student Weiß spricht jedesmal von einem neuen Versband, er schreibe täglich zwölf Gedichte, manchmal auch fünfzehn, die gereimten morgens, die freien Rhythmen abends, in dicken Diarien habe er sie aufgezeichnet, die idyllischen mit roter Tinte, die tragischen mit schwarzer. Goethe, sagt er, habe es auf achtzig Bände gebracht, er hoffe, ein viertel Tausend zu erreichen. Bei mir zu Hause liegt ein schmales Bändchen, bekümmert verfolge ich seinen Fleiß.

Thomas Mann lädt mich in sein Haus, meine Rocktasche ist mit Dutzenden von Gedichtmanuskripten vollgestopft, unruhig rücke ich beim Tee hin und her, wann wird es schicklich sein, ihm einige Verse vorzulesen, endlich wag' ich's. „Hm", sagt er und nochmals „Hm", bedeutet es Lob, bedeutet es Tadel? Er läßt sich die Manuskripte geben, er liest mit mir jede Zeile, lobt diese und sagt, warum die andere unzulänglich, bewundernswert ist seine Geduld, gemessen und väterlich sein Rat. Er behält sich einige Papiere, zwei Tage später schreibt er mir einen langen Brief, er hat sie nochmals geprüft und belehrt den jungen Menschen, der diese schöne Haltung nie vergißt.

In einem Buchladen begegne ich Rainer Maria Rilke. „Ich habe seit Jahren keine Verse mehr geschrieben", sagt Rilke leise, „der Krieg hat mich stumm gemacht."

Der Krieg? Das Wort verschattet meine Augen, seit Wochen habe ich keine Zeitungen mehr gelesen, ich will nichts wissen vom Krieg, nichts hören.

Ich gehe in die Gemäldegalerien, ich fahre mit der Frau, die ich liebe, an die bayerischen Seen, wir hören Konzerte, Bach, Beethoven, Schubert. Im Sturz der Musik vergesse ich die Klage des Menschen, der hilflos zwischen den Gräben verging.

Alles ist neu und beseligend, Wärme und Stille und Bücher und Worte der Freunde, die Fürsorge der Wirtin, das heiße Bad, das Bett. „Draußen" war ich wochenlang nicht aus den Kleidern gekommen, nachts schlief ich auf dumpfigem Stroh oder auf feuchtkalter Erde. Nach einem Jahr war ich zu kurzem Urlaub nach Haus gefahren, unterwegs, in Berlin, blieb ich vierundzwanzig Stunden, ich hatte mir in einem der komfortablen Hotelpaläste ein Zimmer gemietet, nur eine Stunde wollte ich ruhen, und dann den scheckigen Trubel der Straßen sehen, Caféhäuser, Schaufenster, Frauen, aber als das weiße kühlende Leinen mich begrub, vergaß ich Berlin und blieb im Bett die vierundzwanzig Stunden.

Ich wandere durch den Vorfrühling des Englischen Gartens, Schneeglöckchen blühen, Krokus, die ersten Veilchen, an den Bäumen die jungen Knospen treiben im steigenden Saft, zart leuchtet der hellgrüne Samt der weiten Rasenflächen, vorm japanischen Pavillon sitzen junge Frauen in hellen Kleidern, Kinder singen, Musik spielt, froh sind die Menschen. Ich atme den Frieden und die Sonne, ich will den Krieg vergessen.

Aber ich kann ihn nicht vergessen. Vier Wochen, sechs Wochen geht es, plötzlich hat er mich wieder überfallen, ich begegne ihm überall, vor dem Altar des Mathias Grünewald sehe ich durch das Bild den Hexenkessel im Priesterwald, die zerschossenen, zerfetzten Kameraden, Krüppel begegnen mir auf meinen Wegen, schwarzverschleierte, vergrämte Frauen. Ach, die Flucht war vergeblich.

Sie liegt still an meiner Seite. An den offenen Läden flackert der laue Nachtwind.

„Du zitterst." – „Schließ die Läden, bitte."

„Das Singen auf der Straße?"

„Der Frost."

„Was hast du, Liebes?"

„Werden die Toten in Särgen begraben, draußen?"

„In Zeltdecken."

„Immer?" – „Im Massengrab nicht."

„Ich hab' so Angst vor der unentrinnbaren Kälte. Daß auch dieses stirbt, dies bißchen gute Wärme."

„Umarm mich. Ich liebe dich."

„Mein Freund ist gefallen vor Verdun."

SECHSTES KAPITEL
Auflehnung

Auf einem der sanften Hügel Mitteldeutschlands, gelehnt an die
blaugrünen stillen Tannenhänge des thüringischen Landes, steht die
Burg Lauenstein. Hierher lädt der Verlagsbuchhändler Eugen Die-
derichs Gelehrte, Künstler, politische Schriftsteller, Lebensreformer,
junge Menschen. In diesen Zeiten, deren Sinn viele Menschen nicht
mehr zu fassen vermögen, sollen die Berufenen über Sinn und Aufgabe der Zeit miteinander sprechen. Max Weber ist gekommen, der
Heidelberger Soziologe, Max Maurenbrecher, früher ein protestan-
tischer Pfarrer, jetzt alldeutscher Politiker und „Lebensreformer",
der Dichter Richard Dehmel, der Dichter Walter von Molo, der Ar-
beiterdichter Bröger, der Bildhauer Kroner, viele Professoren, darunter Meinecke, Sombart, Tönnies. Alle sind sie aus ihren Arbeits-
stuben aufgescheucht worden, alle zweifeln sie an den Werten von
gestern und heute. Nur die Jungen wollen Klarheit. Reif zur Ver-
nichtung scheint ihnen diese Welt, sie suchen den Weg aus den
schrecklichen Wirren der Zeit, die Tat des Herzens, das Chaos zu
bannen, sie glauben an den unbedingten, unbestechlichen Geist, der
seiner Verpflichtung lebt und der Wahrheit. Aber diese Männer, die
sie als des Geistes Träger verehren, sind keine biblischen Propheten,
die eine verirrte Welt mit mächtigem Wort richten und verdammen,
die bereit wären, den Zorn der Könige und Tyrannen furchtlos zu
ertragen, sind keine Rebellen und Aufrührer, sie flüchten sich in das
Gespinst lebensferner Staatsromantik. Der besondere, der neue, der
deutsche Geist möge sich offenbaren, in religiöser Erde sich verwur-
zeln und alle retten, hoffen die einen, die Stunde sei gekommen, eine
deutsche Kirche zu gründen, glauben die andern, sie bringen gleich
bildnerische Entwürfe mit für den Tempel, der auf dem höchsten
Berge Deutschlands, allen sichtbar, die Gläubigen sammeln soll. Der
Krieg ist eine Schickung des deutschen Gottes, so will es Max Maurenbrecher, im demokratischen Individualismus des gottlosen
Westeuropa sieht er den Fluch der Zeit, Deutschland habe die Aufgabe, einen neuen Staat in Europa zu schaffen, dieser Staat solle das
irdische Gesicht des Absoluten versinnbildlichen.
    Die Jugend klammert sich an Max Weber, seine Persönlichkeit,
seine intellektuelle Rechtschaffenheit zieht sie an. Er haßt alle Staats-

romantik, er attackiert Maurenbrecher und mit ihm die deutschen Professoren, die vor lauter Gespinsten die Wirklichkeit nicht sehen.

Was hülfe es, die eigene Seele zu gewinnen, sagt er, wenn die Nation verkümmert, das Deutsche Reich ist ein Obrigkeitsstaat, das Volk hat keinen Einfluß auf die staatliche Willensbildung, not tue, daß das preußische Klassenwahlrecht verschwinde, die Beamtenherrschaft ausgemerzt, die Regierung parlamentarisiert und die staatlichen Einrichtungen demokratisiert werden, alle Kulturfragen würden durch die Frage beeinflußt, wie der Krieg zu Ende gehe.

Die andern suchen Betäubung, ein mittelalterliches Mysterienspiel soll religiöse Gemeinschaftsgefühle erwecken, Dichter deklamieren Dithyramben, vor den efeuumrankten Burgmauern tanzen im Mondschein die Töchter des Dichters Falke, ob gut oder schlecht, das ist hier nicht wichtig, die Professoren glauben, der Geist Gottes wehe über diesem Tanze. Wenn sie durch die dunkel getäfelten Gemächer wandeln, in denen alter, morscher Hausrat ein gespenstisches Leben führt, fühlen sie sich als mittelalterliche Ritter, Missionare des heiligen Geistes.

Tagelang wird geredet, diskutiert, draußen auf den Schlachtfeldern Europas trommelt der Krieg, wir warten, warten, warum sprechen diese Männer nicht das erlösende Wort, sind sie stumm und taub und blind, weil sie nie im Schützengraben gelegen, nie die verzweifelten Schreie der Sterbenden, nie die Klage zerschossener Wälder gehört, nie die trostlosen Augen verjagter Bauern gesehen haben? Ich bin ein junger unreifer Mensch, all diese Männer sind mir an Erfahrung, an Wissen, an Lebensreife, an Erkenntnis- und Geisteskraft weit überlegen, vor ihnen zu sprechen, scheint mir Anmaßung, aber ich kann nicht schweigen. Zeigt uns endlich den Weg, rufe ich, die Tage brennen und die Nächte, wir können nicht länger warten. Aber niemand zeigt den Weg, der in die Welt des Friedens und der Brüderlichkeit führt. Abends tanzen die Tänzerinnen, baut sich aus großen Worten die neue Kirche, der mystische Tempel.

So bleibt nur eines: das Geschenk menschlicher Beziehung, bleibt Richard Dehmel, bleibt Max Weber. In abendlichen Gesprächen enthüllt sich die kämpferische Natur dieses Gelehrten. Mit Worten, die seine Freiheit, sein Leben gefährden, entblößt er die Schäden des Reichs. Im Kaiser sieht er das Hauptübel, er nennt Wilhelm II. einen dilettierenden Fatzken. „Wenn der Krieg zu Ende ist", sagt er, „werde ich den Kaiser so lange beleidigen, bis er mir den Prozeß macht, und dann sollen die verantwortlichen Staatsmänner Bülow, Bethmann-Hollweg, Tirpitz gezwungen werden, unter Eid auszusagen." Bei diesen tapferen Worten wird den Jungen klar, was sie von ihm scheidet. Sie wollen mehr als den Kaiser treffen, anderes als nur das Wahlrecht reformieren, ein neues Fundament wollen sie bauen, sie glauben, daß die Umwandlung äußerer Ordnung auch den Menschen wandle.

Der Dichter Richard Dehmel hat den Krieg gesehen, zu Beginn des Krieges ist er fünfzigjährig als Freiwilliger ins Feld gezogen, müde und verstört kam er heim. Ich wandere mit ihm durch den thüringischen Wald, er ermuntert mich, ich sage ihm meine Verse. „Kümmern Sie sich nicht um uns Alte", sagt er, „gehen Sie Ihren Weg, auch wenn die Welt Sie verfolgt und befehdet. Sie haben mir da ein Gedicht gesagt, das mit der Zeile schließt: ‚Ich starb / Gebar mich / Starb / Gebar mich / Ich ward mir Mutter.' Das ist entscheidend. An einem Punkt des Lebens muß man sich von allen lösen, auch von der Mutter, man muß sich selbst Mutter werden."

Von Lauenstein fahre ich zum Wintersemester nach Heidelberg. Söhne aus bürgerlichen Familien, die nicht wissen, was sie mit sich anfangen sollen, studieren Nationalökonomie, das ist Brauch und Mode. In Deutschland gehört es zum guten Ton, in allen Lebenslagen „Doktor" zu sein, und wer's nicht ist, dem verleihen Zimmervermieterinnen und Hotelwirte, Kellner und Straßenmädchen den nichtssagenden Titel. Die Heidelberger Fakultät hat den Ruf einer Doktorfabrik. Des alten gutmütigen Professor Gothein Fragen, die sich seit Jahrzehnten wiederholen, sind sorgfältig von „Einpaukern" notiert, nebst richtigen Antworten werden sie den bedürftigen Studenten verkauft.

Ich hole mir bei Gothein ein Doktorthema, er schlägt mir „Schweinezucht in Ostpreußen" vor.

Das Heidelberg der Kriegszeit hat wenig gemein mit der Limonadenromantik der Alt-Heidelberg-Filme. Die meisten Studenten sind Krüppel und Kranke, die der Krieg freigab. Die Wirte erzählen von den schönen Zeiten, in denen Burschenschafter und Korpsstudenten, mit bunten Bändern und Kappen geschmückt, durch die Straßen zogen und das gute Bier in Strömen floß, die Zimmervermieterinnen ärgern sich über die vielen Studentinnen, die am Monatsende die Rechnungen kontrollieren und jeden Pfennig zweimal umdrehen.

Die Tagung in Lauenstein hat mich tief enttäuscht. Große Worte wurden gesprochen, nichts geschah.

Alle schweigen. Wer wird endlich sprechen? Vielleicht der Dichter der „Weber", Gerhart Hauptmann? Zum hundertjährigen Gedenken der Völkerschlacht bei Leipzig hatte er ein Festspiel geschaffen, das den Zorn der Hohenzollern erregte, es verdammte den Krieg und pries den Frieden. 1914 hatte ihn, gleich vielen anderen deutschen Dichtern, das Fieber der Zeit verwirrt, Kriegshymnen dichtete er und Soldatenlieder. Jetzt, nach diesen Jahren des Mordens, muß er zu sich gefunden haben. Ich schreibe ihm einen Brief. „Sie dürfen nicht länger schweigen", schreibe ich, „Ihr Werk verpflichtet Sie, wir jungen Menschen warten auf das Wort eines geistigen Führers, an den wir glauben, Sie haben sich täuschen lassen, wer tat es nicht, jetzt müssen Sie, der Dichter des leidenden Menschen, Ihren Irrtum, bekennen, Ihr Wort wirkte mächtiger als der Appell der Generale, es wäre der Ruf zum Frieden, es würde die Jugend Europas sammeln."
Keine Antwort kam von Gerhart Hauptmann.

Der Krieg geht weiter. Jeden Tag bringen die Zeitungen Nachrichten von neuen Gefechten, neuen Toten, neuen Verwundeten. Um jeden Handstrich Land fallen Hekatomben. Kein Ende ist abzusehen.

Ich werde zu Bekannten eingeladen. Studenten und Studentinnen sind versammelt. Man trinkt deutschen Kriegstee aus getrockneten Lindenblütenblättern, man ißt deutschen Kriegskeks aus Kleie und Kartoffelmehl. Endlich begegne ich Freunden. Junge Menschen, die wissen, daß die „große Zeit" eine elend kleine Zeit ist, klagen den Krieg an und seine sinnlosen Opfer, haben nur einen Wunsch, im Wust der Lüge die Wahrheit zu erkennen. Doch auch sie schrecken zurück vor der Tat, die an ihre Worte sich binden müßte. Wenn sie mit heißem Kopf und erregtem Gefühl stundenlang diskutiert haben, gehen sie nach Haus, in die schlechtgeheizten, häßlich möblierten Zimmer und glauben beruhigt, es sei etwas geschehen. Ich höre ihren Diskussionen zu, ich denke an Lauenstein, an den Wortschwall, an die Tatenlosigkeit, an die Feigheit.

Haben wir nicht, als im Feld der Tod unser Kamerad war, der bei uns hockte in Schützengräben und Unterständen, in zerschossenen Dörfern und Wäldern, im Hagel der Schrapnelle und unterm Licht der Sterne, geschworen mit heiligem Ernst, daß der Krieg nur einen Sinn haben kann: den Aufbruch der Jugend? Dieses Europa muß umgepflügt werden von Grund auf, gelobten wir, die Väter haben uns verraten, die Frontjugend, hart und unsentimental, wird das Werk der Reinigung beginnen, wer hätte das Recht, wenn nicht sie. Was man uns weigert, das erzwingen wir.

„Es hat keinen Sinn", rufe ich, „daß ihr anklagt, heute gibt es nur einen Weg, wir müssen Rebellen werden!"

Im Zimmer ist es still. Die Ängstlichen nehmen ihre Mäntel und gehen davon, die andern finden sich zu einem Kampfbund.

„Kulturpolitischer Bund der Jugend in Deutschland" heißt er. Für friedliche Lösung der Widersprüche des Völkerlebens will er kämpfen, für Abschaffung der Armut. Denn, sagen wir uns, ist keiner mehr arm, wird die Gier aufhören, fremdes Geld zu raffen, fremdes Land, fremde Völker zu knechten und fremde Staaten zu unterjochen, nur die Armen sind verführbar, leidet keiner Hunger, wird niemand dem anderen das Brot neiden, Krieg und Armut sind verhängnisvoll verkoppelt. Keiner weiß, wie die Armut abzuschaffen ist, keiner, wie die Widersprüche des Völkerlebens friedlich gelöst werden sollen, nur daß es geschehen muß, wissen wir alle.

Die Deutsche Vaterlandspartei greift uns an, nennt uns Verräter am vaterländischen Gedanken, pazifistische Verbrecher.

„Ihr mißbraucht das Wort vaterländisch", antworten wir, „eure privaten Interessen sind nicht die Interessen des Volkes. Wir wissen, daß unsere Kultur von keiner fremden Macht erdrückt werden kann, wir verwerfen aber auch den Versuch, andere Völker mit unserer Kultur zu vergewaltigen. Unser Ziel ist nicht Machterweiterung, sondern Kulturvertiefung, nicht geistlose Organisation, sondern Organisation des Geistes.

Alle Teilnahmlosen wollen wir aufrütteln und sammeln.

Wir empfinden Achtung vor den Studenten in fremden Ländern, die gegen die unfaßbare Sinnlosigkeit und Entsetzlichkeit des

Krieges, gegen jegliche Militarisierung schon jetzt protestieren."
Die Antwort wird in den Zeitungen gedruckt. Einige Menschen schreiben uns zustimmende Briefe, darunter der alte Foerster und Einstein.

Aber zahlreicher sind die Schimpf- und Drohbriefe, die täglich an meine Adresse kommen.

Eine anonyme „deutsche Mutter" wünscht mir, daß ich in einem Granattrichter festgebunden und von englischen Geschossen zerrissen werde. Ein „Veteran aus dem Kriege 1871" möchte, daß die schwarzen französischen Soldaten mir das Fell bei lebendigem Leibe schinden und als Trophäe nach Afrika, dort wo es am dunkelsten ist, mitnehmen.

Die Zeitungen der Rechten rufen die Behörden gegen uns auf. Demokratische Professoren in der Universität nennen uns würdelose Pazifisten.

Wir wehren uns. Das „Berliner Tageblatt" druckt meine Antwort.

„Schon immer wurde unbequemer Gesinnung der Vorwurf ,nicht vaterländisch' oder ,würdelos' gemacht. Ist der ,nicht vaterländisch', der den friedlichen Bund freier selbständiger Völker erstrebt? Heißt das schon, die Schändlichkeiten irgendwelcher Regierungen beschönigen? Heißt das schon, den Frieden um jeden Preis erstreben? Dann hat unsere deutsche Sprache ihren Sinn verloren.

Daß wir wenige sind, soll als Argument nichts gegen die Wirklichkeit sagen, die wir aussprechen.

Politik heißt für uns, sich für das Geschick seines Landes mitverantwortlich fühlen und handeln. Wer diese Aufgabe nicht erfüllt, hat das mit seinem Gewissen abzumachen. Es gibt nur eine Sittlichkeit, die für die Menschheit gültig ist. Es gibt nur einen Geist, der in der Menschheit lebt.

Gerade die von uns, die im Felde Krieg erlebt haben, fühlen sich doppelt verpflichtet, ihren Weg unbeirrt zu gehen. Wir wissen, daß wir unsern Brüdern draußen den wahren Dienst leisten. Auch wir lieben Deutschland, nur auf eine andere Weise, mit höheren Ansprüchen – auch an uns."

Da greift die Oberste Heeresleitung ein. Sie warnt die deutsche Jugend vor Verführungen, die Militärbehörden beginnen zu arbeiten.

Österreichische Studentinnen, die dem Bund angehören, müssen binnen vierundzwanzig Stunden Deutschland verlassen. Alle männlichen Mitglieder werden zum Bezirkskommando bestellt. Selbst die, die bei jeder Siebung von neuem dienstuntauglich befunden wurden, sind plötzlich kriegsverwendungsfähig und werden in die Kasernen geschickt.

Am Tag, an dem die Verfolgungen einsetzen, liege ich mit schwerer Grippe und hohem Fieber im Krankenhaus. Eine Studentin bringt mir die Nachricht. „Man sucht Sie schon in Ihrer Wohnung, Sie müssen sofort abreisen, sonst werden Sie verhaftet."

Fröstelnd und fiebernd sitze ich im Zug nach Berlin. Am nächsten Morgen gehe ich in den Reichstag, alarmiere demokratische und sozialistische Abgeordnete. Der Bund bleibt verboten. Auch die Gruppen, die an anderen Universitäten sich gebildet hatten, werden aufgelöst. Aber dieser Bund war ein Alarmzeichen. Wir hatten begonnen, gegen den Krieg zu rebellieren. Wir glaubten, daß unsere Stimme jenseits der Fronten gehört werde und die Jugend aller Länder mit uns den Kampf aufnähme gegen die, die wir anklagten: die Väter!

Am Abend, bevor ich Heidelberg verlasse, ist ein Brief von Gustav Landauer eingetroffen, dessen „Aufruf zum Sozialismus" mich entscheidend berührt und bestimmt hat. Ich antworte ihm:

Was ich tue, tue ich nicht aus Not allein, nicht aus Leid am häßlichen Alltagsgeschehen allein, nicht aus Empörung über politische und wirtschaftliche Ordnung allein, das alles sind Gründe, aber nicht die einzigen. Ich bin kein religiöser Ekstatiker, der nur sich und Gott und nicht die Menschen sieht. Ich bemitleide jene Verkrüppelten, die letzthin an sich, nur an sich, ihren kleinen persönlichen Mangel leiden. Ich bemitleide jene Verkümmerten, die aus Freude an der „Bewegung" abwechselnd futuristische Kabaretts und Revolution fordern. Ich will das Lebendige durchdringen, in welcher Gestalt es sich auch immer zeigt, ich will es mit Liebe umpflügen, aber ich will auch das Erstarrte, wenn es sein muß, umstürzen, um des Geistes willen. Ich will, daß niemand Einsatz des Lebens fordert, wenn er nicht von sich selbst weiß, daß er es einsetzen wird. Ich fordere von denen, die mit uns gehen, daß sie sich nicht damit begnügen, ihr

Leben entweder seelisch oder geistig oder körperlich einzusetzen, sie sollen wissen, daß sie es seelisch und geistig und körperlich einsetzen werden.

Nicht Sekte gemeinsam Schöpferischer träume ich, das Schöpferische hat jeder als Eigenbesitz, das Schöpferische kann sich in seinem reinsten Ausdruck nur in der Arbeit des einzelnen offenbaren, aber das Gefühl der Gemeinschaft ist beglückend und stärkend.

Ich weiß, welche Inhalte ich bekämpfe, ich glaube auch zu wissen, welche neuen Inhalte dasein müssen, aber noch besitze ich keine Klarheit, welche äußeren Bindungen, welche Formen diese neuen Inhalte haben müssen.

In meinem Innersten spüre ich eine Ruhe, die ist und mir Freiheit gibt. Ich weiß, daß ich in größter Unruhe lebe, daß ich gegen Schmutz oder beschränkten Unverstand hitzig und erregt ankämpfen kann und mir diese innerste Ruhe doch bleibt.

SIEBENTES KAPITEL
Streik

Eines Tages finde ich auf dem Tisch ein Paket mit Büchern, die Denkschriften Lichnowskys, Mühlons, Beerfeldes, andere Broschüren.

Der Krieg ließ mich zum Kriegsgegner werden, ich hatte erkannt, daß der Krieg das Verhängnis Europas, die Pest der Menschheit, die Schande unseres Jahrhunderts ist. Über die Frage, wer den Krieg verschuldet hat, machte ich mir keine Gedanken. Ich lese die Bücher, lese, daß die kaiserliche Regierung das Volk betrügt, sie ist nicht unschuldig am Ausbruch des Krieges, lese, daß die kaiserliche Regierung das Volk weiter betrügt, sie ist mitschuldig an der Fortdauer des Krieges. Es ist nicht wahr, sage ich wieder und wieder, aber hier sind Zeugen, die klagen an, die erhärten und beweisen ihre Anklagen. Die Regierung hat es nicht verhindert, daß die österreichische Monarchie den Krieg gegen Serbien entfesselte, die Regierung hat die Neutralität Belgiens verletzt, obwohl sie damit ihr Wort brach und wußte, daß dem Einbruch in Belgien die englische Kriegserklärung folgen würde, in diesem Krieg verteidigt sich nicht das deut-

sche Volk, ich verteidige nicht mein Vaterland, die deutschen Stahl-
magnaten wollen die Erzgruben von Belgien, Longwy und Briey erobern, die Kriegsziele der alldeutschen Imperialisten verhindern
den Friedensschluß. Wir sind betrogen, unser Einsatz war umsonst,
bei dieser Erkenntnis stürzt mir eine Welt zusammen. Ich war gläubig wie alle Menschen in Deutschland, gläubig wie die namenlosen
Massen des Volkes.

Als ich in dieser Nacht das Licht lösche, finde ich keinen Schlaf.
Der Tag kommt, aber der Tag bleibt dunkel, mir ist zumute, als sei
das Land, das ich liebe, von Verbrechern verkauft und verraten. Der
Kampf gegen den Krieg muß die Schuldigen treffen, auch in Frankreich wird es Schuldige geben, wie es in Rußland Schuldige gab,
auch in England, auch in Italien, wir leben in Deutschland, wer die
Wahrheit erkannt hat, muß in seinem Land beginnen.

Die Frage der Kriegsschuld ist nicht nur eine Frage der Kriegs-
schuldigen, die Herrschenden sind verstrickt in das feinmaschige
Netz der Interessen, Ehrbegriffe, Moralwerte der Gesellschaft. Sie
suchen Macht und Ruhm und Freiheit ihres Volkes in der Ohn-
macht, im Elend, in der Unterdrückung anderer Völker. Aber kein
Volk ist wahrhaft frei ohne die Freiheit seiner Nachbarn. Die Politiker belügen sich selbst und belügen die Bürger, sie nennen ihre Interessen Ideale, für diese Ideale, für Gold, für Land, für Erz, für Öl,
für lauter tote Dinge sterben, hungern, verzweifeln die Menschen.
Überall. Die Frage der Kriegsschuld verblaßt vor der Schuld des Kapitalismus.

Die Arbeiterbewegung und ihre Ziele waren mir fremd bisher; auf
der Schule hatte man uns gelehrt, daß die Sozialisten den Staat zerstören, daß ihre Führer Schurken seien, die sich bereichern wollen;
jetzt lerne ich zum erstenmal einen Arbeiterführer kennen, Kurt Eisner.

Eisner war für einige Tage nach Berlin gekommen, Freunde hatten mich zu ihm geführt. Schon in den ersten Tagen des Krieges be-
kannte er sich als Kriegsgegner, die Militärbehörden verfolgten ihn
und erstickten seine Stimme, der eigenen Partei ward er unbequem
und lästig. Er ließ sich nicht beirren, er setzte seinen Kampf gegen
den Krieg fort. Als sich eine kleine Gruppe, später die „Unabhängigen" genannt, von der Sozialdemokratischen Partei trennte, schloß

er sich ihr an und wirkte in München weiter. Im werktätigen Volk wächst die Bewegung gegen die kaiserliche Kriegspolitik, man glaubt nicht den Führern, die die Kriegskredite bewilligen, man glaubt Liebknecht, dem Verfemten, dem Zuchthäusler, der in einer Welt der Verblendung diese Welt verdammte.

Ein paar Tage später war ich in München. Ich ging in die Versammlungen Eisners, in denen Arbeiter, Frauen, junge Menschen nach dem Weg suchten, der den Frieden bringt, das Volk rettet. In diesen Versammlungen sah ich Arbeitergestalten, denen ich bisher nicht begegnet war, Männer von nüchternem Verstand, sozialer Einsicht, großem Lebenswissen, gehärtetem Willen, Sozialisten, die ohne Rücksicht auf Vorteile des Tages der Sache dienten, an die sie glaubten.

In Kiel streikten Zehntausende von Munitionsarbeitern. Ihre Losung hieß: Friede ohne Annexionen und Kontributionen, den Völkern freies Selbstbestimmungsrecht. Was wird München tun? Die Rechtssozialisten wollen den Streik nicht, Eisner und die Unabhängigen sind zu schwach, ihn zu entfesseln, trotzdem war der Streik eines Morgens da.

Die Krupparbeiter, meist Norddeutsche, verließen als erste die Betriebe, keine Drohung konnte sie einschüchtern. „Man wird euch die Nahrungszulagen, Fett und Wurst wegnehmen, man wird euch zum Heer einberufen, man wird euch zur Front zurückschicken", drohte man ihnen. Sie fürchteten nicht Entbehrung, nicht Tod, sie kämpften nicht um Lohnerhöhung, sie kämpften nicht einmal für sich, denn sie waren versorgt, bevorzugt, vom Kriegsdienst befreit, sie kämpften für ihre Brüder im Feld.

Ein Streikkomitee wurde gebildet, Eisner gehörte ihm an.

Ich gehe in die Streikversammlungen, ich möchte helfen, irgend etwas tun, ich verteile, weil ich glaube, daß diese Verse, aus dem Schrecken des Krieges geboren, ihn treffen und anklagen, Kriegsgedichte unter die Frauen, die Lazarett- und Krüppelszenen aus meinem Drama „Die Wandlung".

Endlich wird mir eine Aufgabe übertragen. Ich soll zu den Arbeiterinnen einer Zigarettenfabrik sprechen, sie auffordern, am Streik teilzunehmen. Der Fabrikpförtner wehrt mir den Zutritt zum Hof, Arbeiter eilen mir zu Hilfe. Bald sind alle Frauen im Hof versammelt. Sie verlassen den Betrieb. Gemeinsam ziehen wir zur Versammlung.

Die Menschen sind unruhig, Eisner soll sprechen, wo bleibt er? Auch die anderen Mitglieder des Streikkomitees fehlen. Nach einer Stunde vergeblichen Wartens hören wir, daß die Polizei während der Nacht alle verhaftet hat.

Frau Sonja Lerch ist unter den Verhafteten, die Frau eines Münchener Universitätsprofessors. Der Mann hat sich am ersten Streiktag von ihr losgesagt, aber sie liebte ihn und wollte ihn nicht lassen. Gestern abend war sie bei mir, trostlos, verstört, ich bot ihr an, die Nacht in meinem Zimmer zu bleiben, ich warnte sie, in das Haus ihres Mannes zurückzukehren, dort zuerst würde die Polizei nach ihr fahnden, sie blieb meinen Worten taub. „Einmal will ich ihn noch sehen, einmal nur", wiederholte sie unaufhörlich, wie ein Kind, das sich an die zerstörten Reste einer geliebten Puppe klammert. Sie ging. Nachts um drei Uhr kam die Polizei und führte sie ins Gefängnis Stadelheim. Sie schrie Tag und Nacht, ihre Schreie hallten durch Zellen und Gänge, Wärtern und Gefangenen gefror das Blut, am vierten Tag fand man sie tot, sie hatte sich erhängt.

Eine Massenbewegung, die an ihre Ziele glaubt, ist durch die Verhaftung der Führer nicht einzudämmen. Der Glaube ist ein entscheidendes Element, erst wenn er angekränkelt, geschwächt, zersetzt ist, können gegnerische Mächte die Einheit der Bewegung sprengen und sie auflösen in ohnmächtige, willensunfähige Haufen. Diese Arbeiter glauben an ihre Sache, die Nachricht von der Gefangennahme der Führer beantworten sie mit der Wahl einer Delegation, die soll beim Polizeipräsidenten die Freilassung der Gefangenen fordern. Die dreitausend Versammlungsteilnehmer werden sie zum Polizeipräsidium begleiten, kehrten sie binnen einer Stunde nicht zurück, soll eine zweite Delegation die Freilassung fordern, die Versammlung wird sich nicht auflösen, der Streik mit unverminderter Kraft fortgesetzt.

Die erste Delegation ist gewählt. Der Vorsitzende fragt, wer sich freiwillig für die zweite meldet. Drei haben ihre Namen gerufen, darunter ein Soldat, zwei gehen auf die Bühne, der dritte fehlt, im letzten Augenblick ist der Soldat ängstlich geworden. Da melde ich mich, der Vorsitzende bittet mich, einige Worte zu sprechen, zum erstenmal rede ich in einer Massenversammlung. Die ersten Sätze stottere ich, verlegen und unbeholfen, dann spreche ich frei und gelöst und weiß selbst nicht, woher die Kraft meiner Rede rührt.

Auf der Straße die Streikenden formieren sich, wir marschieren zum Polizeipräsidium, vorbei an der Kaserne des Leibregiments, an deren Fenstern in dichten Trauben Soldaten, aus dem Feld zurückgekehrt, uns winken und grüßen, wir nähern uns dem Schloß des bayerischen Königs, dem Wittelsbacher Palais.

Das Tor der Kaserne öffnet sich, ein Trupp junger Rekruten, von einem Leutnant geführt, marschiert im Eilschritt an unserm Zug vorbei, er passiert die Spitze des Zuges, kurz vor dem Wittelsbacher Palais hält er und sperrt, eine lebende Mauer, die Straße. Der Leutnant, bleich, erregt, den Revolver in der Hand, gibt den siebzehnjährigen Bauernburschen, die die Front noch nicht gesehen haben und denen man darum traut, den Befehl zum Laden und Entsichern. Unser Zug stutzt und hält. Sollen wir den Kordon durchbrechen? Sollen wir den Kampf aufnehmen? In den nächsten Sekunden werden die ersten Schüsse fallen, das Signal zum Bürgerkrieg. Die drüben haben Waffen, wir sind unbewaffnet; unschlüssig beraten die Führer. „Wir wollen unser Recht und kein Gemetzel", sagt ein alter Arbeiter.

Der Zug kehrt um, biegt in eine Seitenstraße, die Gasse, die zum Polizeipräsidium führt, verriegeln Polizisten. Der Zug hält. Die erste Delegation geht vor. Die Polizisten geben ihr Raum. Das Tor des Polizeipräsidiums öffnet sich.

Wir warten. Eine Stunde ist vergangen. Niemand kehrt zurück. Nun geht die zweite Delegation zum Polizeipräsidenten, man wehrt auch uns nicht den Eintritt. Ehe wir zu sprechen beginnen, wendet der Polizeipräsident sich an einen, den er zu kennen scheint.

„Waren Sie nicht bei meiner Kompanie im Feld?"

Mechanisch schlägt der Angeredete die Hacken zusammen: „Jawohl, Herr Präsident."

„Und jetzt machen Sie mit den Vaterlandsverrätern gemeinsame Sache?"

„Wir sind keine Vaterlandsverräter", sage ich, „wir wollen Deutschland retten, nicht verraten."

„Wer sind Sie, ich kenne Sie nicht", fährt mich der Präsident an.

„Das ist nicht notwendig, ich spreche hier nicht für mich, ich spreche für die vielen tausend Menschen, die die Freilassung der verhafteten Führer fordern."

„Nehmen Sie die Hacken zusammen", will der Präsident sagen, er sieht mich an, sein Blick verliert an Schärfe, wird unsicher, statt eines Kommandos höre ich die vertrauten Worte: „Ich bin nicht zuständig."

Wir gehen zum Demonstrationszug zurück, wir müssen die Stadt aufklären, die Zeitungen verleumden die Streikenden, es muß ein Flugblatt verteilt, es muß gleich geschrieben werden.

Wir gehen in die Wohnung eines rechtssozialistischen Stadtrats; der Vater will nichts vom Streik wissen, der Sohn ist auf unserer Seite. Rasch entwerfe ich einen Aufruf. An der Wohnungstür schellt die Glocke. Die Schwester unseres Freundes ruft: „Kriminalbeamte!" Wir waren unvorsichtig und haben nicht gesehen, daß Polizisten uns gefolgt sind. Ich knäule das Manuskript zu einer Papierkugel, öffne den ungeheizten Ofen und werfe sie hinein. Aber die Polizisten suchten nicht uns, sie haben den Vater verhaftet und sind mit ihm davongegangen. Verdutzt sehen wir uns an, wir holen die Papierkugel aus dem Ofen, falten sie auseinander, wir beenden das Flugblatt, wir schreiben es ab, ein Setzer nimmt es an sich, einige Stunden später wird es in Tausenden von Exemplaren auf den Straßen Münchens verteilt. Achtlos stecke ich den Entwurf, anstatt ihn zu verbrennen, in meine Manteltasche.

Am nächsten Morgen versammeln sich fünfzigtausend Arbeiter auf der Theresienwiese. Machtlos sieht die Polizei dem Aufmarsch zu, machtlos hört sie unsere Reden an, sie wagt nicht einzugreifen, wagt nicht, die Redner zu verhaften.

Tagelang währt der Streik, bis sich die rechtssozialistischen Parlamentarier der Führung bemächtigen; sie haben dem Kriegsminister versprochen, den Streik abzuwürgen. Der Streik bricht zusammen. Vorher wird eine Delegation gewählt, sie soll „mit allem Ernst und allem Nachdruck" dem Minister die Forderungen der Streikenden überbringen. Der Führer der Rechtssozialisten Auer beschwichtigt die unzufriedenen Arbeiter, er verbürge sich für die Erfüllung ihrer Forderungen, er werde die Delegation zum Minister führen, keiner, der am Streik teilgenommen habe, würde entlassen, keiner bestraft werden. Vormittags versammeln sich die Streikenden zu einer letzten Kundgebung auf der Theresienwiese, der Zug zieht in die Stadt und löst sich am Karlsplatz auf.

Mittags sitze ich in meiner Pension beim Essen. Das Stubenmädchen ruft mich, draußen stünden zwei Herren, die wollten mich sprechen. „Was wünschen Sie?" sage ich auf dem Korridor zu den beiden Herren.

„Hände hoch!" rufen die beiden Herren und halten mir den Revolver vor die Nase.

Ich bin verhaftet, die Herren legen mir Handschellen an, ich werde zuerst aufs Revier geführt, dann in die Artilleriekaserne und in einen Holzverschlag der Wachstube gesperrt.

In der Wachstube tun die Soldaten, als ob ich nicht da wäre, sie unterhalten sich, sie essen, sie spielen Karten, ich scheine Luft zu sein oder eine Tarnkappe aufzuhaben.

„Kamerad", sage ich. Der Soldat schweigt, er wendet nicht einmal den Kopf nach mir. Man hat der Wache verboten, mit mir zu sprechen.

Nach einer Weile werde ich geholt und in die Bekleidungskammer geführt. Ein Unteroffizier wirft mir schmutzige Uniformstücke hin.

„Anziehen!"

Ich weigere mich.

„Ich bin Kriegsbeschädigter, ich bin entlassen."

„Sie sind wieder einberufen. Anziehen!"

„Ohne ärztliche Untersuchung kann niemand eingezogen werden."

Mit Gewalt werde ich eingekleidet. Die Militärhosen und -stiefel üben eine magische Wirkung aus; mein „Stolz" ist verletzt, da ich den Rock eines „Gemeinen" anziehen soll.

„Wo sind die Tressen?" sage ich. „Ich bin Unteroffizier."

Man führt mich zur Vernehmung.

Viele Stunden werde ich vernommen. Der Kriegsgerichtsrat glaubt, ein Netz geheimer Verschwörungen spanne sich über Deutschland, je wahrhaftiger meine Antwort, desto unglaubwürdiger erscheint sie ihm; er will das Einfache verzwickt, das Spontane gewollt, das Zufällige berechnet sehen. Er hat die Vorstellung, daß irgendwo eine allgewaltige Zentrale die Wege der Arbeiter lenke. Die Motive des Kampfes begreift er nicht, das Volk ist eine willenlose Menge, die nur kämpft, wenn Hetzer sie verleiten und verführen. Als er mich fragt, wo die Goldmillionen stecken, mit denen der Streik finanziert sei, lache ich laut auf; wir alle haben unsere letzten Pfennige gegeben, um Papier für das Flugblatt zu kaufen.

„Das Lachen wird Ihnen bald vergehen", sagt er und verläßt das Zimmer. An der Tür wendet er sich noch einmal um, „Posten!" ruft er.

Ein Soldat tritt ins Zimmer.

„Sie sind für den Gefangenen verantwortlich."

Die Tür knallt.

Nach einer Weile kommt ein Offizier. Er macht sich im Zimmer zu schaffen, ich merke, wie er mich beobachtet.

„Sind Sie bedrückt?"

„Nur durch die Vernehmung."

„Ich war im Nebenzimmer und habe alles gehört."

Er zieht sein Etui und bietet mir eine Zigarette an. Er beugt sich zu mir und sagt mit leiser verächtlicher Stimme: „Kopf hoch. Nicht jeder wird Untersuchungsrichter. Zu dem Handwerk muß man geboren sein."

Als ich ihn überrascht ansehe, verläßt er das Zimmer.

Der Kriegsgerichtsrat kehrt zurück, in der Hand trägt er eine Mappe. Er setzt sich, blättert in den Akten, packt das Flugblatt.

„Kennen Sie dieses Blatt?"

„Nein."

„Also Sie kennen das Blatt nicht?"

Er öffnet die Mappe und zieht ein verknittertes Papier hervor, den Entwurf des Flugblatts.

„Leugnen Sie immer noch?"

Ich schweige.

„Wir haben Ihren Mantel aufgeschnitten, die Tasche hatte ein Loch. Das Futter bringt es an den Tag. Abführen!"

Von zwei Soldaten mit aufgepflanztem Bajonett und einem Unteroffizier begleitet, gehe ich durch die Straßen Münchens. Die Menschen bleiben stehen, Kinder laufen uns nach.

„Ein Mörder", ruft ein kleiner Junge.

Das Tor des Militärgefängnisses in der Leonrodstraße schließt sich hinter mir.

ACHTES KAPITEL

Militärgefängnis

Das Gefängnis in der Leonrodstraße ist eines der ältesten in München. Die Büros und Korridore sind elektrisch beleuchtet, die Zellen ohne Licht. In diesen trüben Wintertagen beginnt für den Gefangenen die Nacht schon um drei Uhr nachmittags, sie währt bis in den späten Vormittag, nur einige Stunden am Tag sind so hell, daß er lesen kann.

Ich nutze die Zeit, ich lese Werke von Marx, Engels, Lassalle, Bakunin, Mehring, Luxemburg, Webbs. Eher aus Zufall denn aus Notwendigkeit war ich in die Reihen der streikenden Arbeiter geraten; was mich anzog, war ihr Kampf gegen den Krieg, jetzt erst werde ich Sozialist, der Blick schärft sich für die soziale Struktur der Gesellschaft, für die Bedingtheit des Krieges, für die fürchterliche Lüge des Gesetzes, das allen erlaubt zu verhungern, und wenigen gestattet, sich zu bereichern, für die Beziehungen zwischen Kapital und Arbeit, für die geschichtsbildende Bedeutung der Arbeiterklasse.

Wieder denke ich an Stefan, den Freund meiner Kindheit, an seinen Haß gegen die Reichen, an die Antwort meiner Mutter, daß Armut gottgewollt sei. Die Erde hat Nahrung für alle in Fülle, des Menschen Geist fand Mittel und Wege, die Kräfte der Natur zu übermächtigen, Stein in wahrhaftes Gold zu wandeln, in Brot. Und doch sterben hier die Menschen vor Hunger, dort wird Weizen ins Meer geschüttet, hier prunken leer die Paläste, dort hat der Mensch keine Bleibe, hier verkümmern Kinder, dort werden Güter verbrecherisch vertan, die Stätten des Geistes bleiben den Besitzlosen verschlossen, die edelsten Kräfte der Menschheit werden verschüttet und zerbrochen, Opfer, maßlos, fordern die falschen Götzen. Unvernunft und Blindheit beherrschen die Völker, und die Völker dulden ihre Herrschaft, weil sie dem Geist, der Vernunft mißtrauen, die das chaotisch Planlose dämmen und ordnen und schöpferisch formen könnten. Weil der Mensch organisch wächst, nennt er seine Golems, Wirtschaft und Staat, organische Gebilde, so beschwichtigt er sein schlechtes Gewissen – denn ist er nicht hilflos vor der unfaßbaren und undämmbaren Allmacht einer Welt, die den Tod als unentrinnbares Schicksal birgt? Tief in ihm bohrt und nagt die Lebensangst, er liebt die Freiheit, aber er fürchtet sich vor ihr, und eher erniedert er sich und schmiedet sich selbst die Knechtfesseln, als daß er wagt, frei und verantwortlich zu schaffen und zu atmen.

Jeden Tag darf ich eine halbe Stunde auf dem steinernen Gefängnishof umhergehen, an Sträuchern schwellen die ersten Knospen, armselig und verkümmert sind diese Sträucher, jetzt beglücken sie mich, als hätten sie die Leuchtkraft blühender Rhododendren. Verse bilden sich mir auf diesem Hof, die *„Lieder der Gefangenen"*, die letzten Szenen der *„Wandlung"*.

Die Zellen sind verschmutzt und verwanzt, Dutzende von Gefangenen wechseln einander ab, ohne daß die Bezüge der Pritschen, auf denen sie schlafen, erneuert werden. Wir essen Kriegsbrot, mit Kleie vermischt, Kohlrübensuppe, Kohlrübenmarmelade, Kohlrübengemüse, einmal, am Sonntag, Graupensuppe mit einem winzigen Stück Fleisch darin, immer sind wir hungrig.

Wir sind Gefangene, aber wir bleiben Soldaten, wir dürfen tagsüber unsere Schuhe nicht ausziehen, wir dürfen nicht mehr als einen Knopf des Uniformrocks öffnen, jeder Verstoß gegen die „Hausordnung" wird streng bestraft.

Das Gefängnis ist mit Deserteuren überfüllt, um Platz für neue Gefangene zu schaffen, stellt man die Soldaten vor die Wahl, sich für die Front oder fürs Zuchthaus zu entscheiden. Galt Frontdienst bisher als Ehrendienst, jetzt wird er dem Zuchthaus gleichgestellt.

Die Aufseher sind kriegsuntaugliche Landwehrleute; mit ihnen auszukommen, ist nicht schwer, aber die Bürounteroffiziere, die nie an der Front waren, behandeln uns mit zynischer Brutalität. Einmal sehe ich, wie einer dieser Unteroffiziere, klein, rotbackig, gesund, einen Soldaten, der drei Jahre lang an der Front gekämpft hat, mit Ohrfeigen traktiert, daß der baumlange Mensch wie ein Kind zu weinen anfängt. Oft fliehen die Gefangenen aus der Qual der höllischen Tage in den Tod. Sie schneiden sich mit Scherben die Pulsadern auf, sie zerreißen die Laken und binden aus den Streifen Stricke, sie stürzen sich übers Geländer der Treppe in den Steinkeller.

Ich werde nie mehr jenen spitzen, tierischen Schrei vergessen, der eines Morgens meinen Schlaf zerstach, daß ich schreiend auffuhr und, mir selber fremd, zu schreien fortfuhr.

Zu mir sind die Aufseher freundlich, sie kommen in meine Zelle, sie fragen, wann der „Schwindel" endlich aufhört, sie erzählen von Weib und Kindern, von häuslicher Not. Wenn ich antworte, es läge an ihnen, den Krieg abzukürzen, zucken sie verlegen die Achseln und wiederholen, was feige Menschen immer sagen:

„Ja, wenn alle mitmachten."

Auch die anderen Streikführer sind verhaftet, ich sehe niemand, wir hausen in strenger Isolierung. Die Behörden wagen nicht, zuzugeben, daß wir wegen unserer Beteiligung am Streik verhaftet wurden. Die rechtssozialistische „Münchener Post" schreibt, ich sei als Deserteur eingesperrt.

Besuche darf ich nicht empfangen, selbst der Anwalt wird nicht vorgelassen. Ich trete in den Hungerstreik, mir bleibt kein anderes Mittel, mich zu wehren.

Jeden Tag werde ich von neuem vernommen, am Ende liest der Schreiber mir ein Protokoll vor. Was ich sagte, ist entstellt und verzerrt, ich weigere mich, es zu unterschreiben. Der Kriegsgerichtsrat Schuler läßt mich strammstehen: „Ich gebe Ihnen den militärischen Befehl, das Protokoll zu unterschreiben."

Ich rühre mich nicht.

„Ich werde Sie mit Wasser und Brot und Dunkelarrest bestrafen."

Ich schweige.

Am nächsten Tag werde ich wieder gerufen.

„Unterschreiben Sie!"

„Nein", sage ich, und vom Hunger, vom Fieber, von Zorn gepeitscht, springe ich auf ihn zu.

„Sie sind ein Schuft!" rufe ich und weiß im gleichen Augenblick, daß meine Lage trostlos ist, der Kriegsgerichtsrat ließ einem Freund Handschellen anlegen, weil er sich weigerte, seinen Namen unter das Protokoll zu setzen.

Der Kriegsgerichtsrat weicht zurück und lächelt trocken: „Gut, wenn Sie nicht unterschreiben, werde ich für die Richtigkeit zeichnen."

Eines Tages wache ich mit schweren Gliedern auf, der Hals schmerzt, ich will mich von der Pritsche erheben, ohnmächtig falle ich hin.

Mittags kommt der Arzt, ein Jude. Er untersucht mich, man müsse alle Pazifisten an die Wand stellen, sagt er, dann verschreibt er Aspirin und verweigert dem Fiebernden eine zweite Decke. Die Nacht liege ich in hohem Fieber, niemand kümmert sich um mich. Am nächsten Morgen kommt ein anderer Arzt, er gibt dem Sanitätsunteroffizier, der ihn begleitet, einen Auftrag, als der die Zelle verlassen hat, beugt er sich über mein Bett.

„Ich hasse den Krieg wie Sie, ich werde Ihnen helfen, jetzt schicke ich Sie ins Lazarett, später schreibe ich Sie haftunfähig."

Hat der Arzt die Worte gesprochen, oder habe ich sie im Fieber gehört?

Der Sanitätsunteroffizier ist wieder eingetreten, der Arzt schreit, als pfeife er einen Simulanten an:

„Sie werden ins Militärlazarett überführt!"

Nachmittags bringt mich ein Krankenwagen ins Militärlazarett. Im Aufnahmezimmer sitzt ein chauvinistischer jüdischer Unteroffizier, ich solle meinem Schöpfer danken, grollt er, daß die Ärzte sich meiner annähmen, Deutschland habe ein Recht nicht nur auf Belgien, sondern auch auf Calais, wenn Deutschland die Stadt nicht behalte, würden die Engländer sie einstecken.

Die Krankenstube der Gefangenen hat Raum für zwei, aber wir sind sechs, Deserteure, Diebe, Meuterer, „Landesverräter". Zwei liegen in Betten, vier auf Strohsäcken an der Erde, das Fenster ist verschlossen und vergittert, die Luft verpestet, ein Kübel dient den sechs Menschen, zweimal am Tage wird dieser Kübel geleert, morgens um halb sieben und abends um fünf. Den Mann neben mir quält ein Blasenleiden. Sein nasses Bett riecht wie eine Jauchegrube. Er liegt an der Tür; wenn die Eßnäpfe durch die Türklappe gereicht werden, packt er sie mit seinen aufgeweichten, gerillten Waschfrauenhänden. Mich würgt der Ekel, ich rühre das Essen nicht an.

Am nächsten Morgen, in großer Suite, hält der Oberstabsarzt seinen Einzug, begleitet vom Stabsarzt, vom Assistenzarzt, vom Unterarzt.

Auf meinem Bett liegen die Gedichte von Werfel, die ich mir aus dem Gefängnis mitgenommen habe. Der Oberstabsarzt greift nach dem Buch, schlägt es auf und liest ein paar Zeilen:

„Schöpfe du, trage du, halte
tausend Gewässer des Lächelns in deiner Hand!
Lächeln, selige Feuchte ist ausgespannt
all übers Antlitz."

„Wer solchen Quatsch liest, kann sich nicht wundern, wenn er im Gefängnis endet", spricht der Oberstabsarzt und sieht die Suite an. Der Stabsarzt verneigt sich, der Assistenzarzt schlägt die Hacken zusammen, der Unterarzt nimmt stramme Haltung an und dienert in den Knien.

Die Visite ist beendet.

Ich sehne mich nach der Stille meiner schmutzigen, verwanzten Zelle, ein Paradies scheint sie mir gegen diese Hölle.

Am vierten Tag melde ich mich gesund. Als ich wieder in meiner Zelle bin, weine ich vor Freude.

Das vergitterte Fenster teilt den ewig grauen Winterhimmel in kleine trostlose Quadrate. Wenn ich mich am Sims hochziehe, sehe ich gegenüber die weiße Kaserne des Kriegsgerichts, darin die uniformierten Zuschneider des Rechts den Menschen graue Zuchthausjahre zumessen. Die Fenster im Erdgeschoß schmücken freundliche weiße Gardinen, dort wohnt der Pförtner. An einem Fenster die Gardinen teilen sich, neugierig reckt sich der Kopf eines Mädchens. Unsere Blicke begegnen einander. Der Kopf verschwindet, aber das leichte Schwanken der Gardinen verrät des Mädchens Gegenwart.

Am andern Morgen um die gleiche Zeit bin ich wieder am Gitter, wieder ist das Mädchen am Fenster. Jeden Tag um die gleiche Stunde wiederholt sich die zarte Begegnung. Wenn der Posten naht und Gefahr droht, winkt sie mir, sie erfindet die Sprache wortreicher Gesten, Augen und Lächeln sind Vokale, Hände und Schultern Konsonanten.

Eines Abends kreischen die Riegel vor der Zelle, die Tür wird aufgeschlossen, der Bürounteroffizier ruft meinen Namen.

„Werde ich in ein anderes Gefängnis transportiert?" frage ich.

„Raus!" schnauzt seine barsche Stimme.

Der Unteroffizier geht voran, ich folge ihm durch die Korridore, er öffnet die Tür zum Büro. Unter der warmen Gaslampe am Tisch lehnt das Mädchen. Ich starre sie fassungslos an. Röte färbt ihr Gesicht. Verlegen blickt sie zu Boden. Was ist geschehen? Die Pförtnerstochter war die Freundin des Unteroffiziers. Sie wußte, wie alle in der Nachbarschaft, daß im Militärgefängnis „Politische" sitzen, romantische Abenteurer, Räuber der Volkslegenden, den Reichen Hab und Gut raubend, um es den Armen zu geben, Narren, die Frieden predigen, wenn die Völker Europas sich bekriegen, und wenn sogar der Herr Pfarrer verkündet, daß Gott mit seinen paukenden und posaunenden Engeln unser Heer begleitet, doch immerhin Leute, von denen die Zeitungen schreiben, gefährliche, interessante Leute.

Sie möchte gerne einen von ihnen kennenlernen, sie will es durchsetzen. Ist sie nicht die Braut des Aufsehers? Als sie ihren Bräutigam bittet, er solle sie heimlich ins Gefängnis mitnehmen, sie möchte sich den jungen Unteroffizier, den „Politischen", anschauen, nimmt er die Bitte für Scherz und lacht sie aus. Am nächsten Abend will er wie immer zu ihr in die Kammer steigen, der Fensterladen ist mit Riegeln versperrt, er klopft, sie antwortet nicht. Wütend rennt er fort, schon hört er Stimmen aus dem Schlafzimmer der Eltern.

„Warum hast du mich gestern abend nicht zu dir gelassen, Marie?"

„Weil ich nicht wollte."

„Darf ich heute abend kommen?"

„Ja, wenn du mich den Politischen sehen läßt."

So macht sie ihn mürbe.

Am Sonntag hat er Dienst. Niemand außer ihm ist im Büro, am Tor den Landwehrmann besticht er mit Zigaretten.

Nach einer Stille sagt der Aufseher:

„Da hast deinen Politischen, bist jetzt zufrieden?"

Er setzt sich an den Tisch, nimmt eine Mundharmonika aus der Tasche und spielt die Tonleiter auf und ab, auf und ab.

„Wenn der Herr Aufseher spielen täte, könnten wir tanzen", sage ich.

„Ich verbitte mir Ihre Frechheiten", sagt der Herr Aufseher.

„Gleich spielst", sagt das Mädchen.

Der Herr Aufseher duckt sich, denkt an das verschlossene Fenster, lächelt säuerlich, setzt die Mundharmonika an die Lippen und spielt einen Walzer.

„Bitte", sage ich.

„Ich bin so frei", sagt das Mädchen.

Wir tanzen zur Walzermusik des Herrn Aufsehers um den Tisch, und wenn wir uns den Wänden nähern, an denen Ketten und Handschellen und Fußfesseln hängen, stoße ich mit dem Fuß danach, und das Klirren der Eisenringe begleitet den Tanz. Die Musik bricht ab, der Aufseher wendet sich um und lauscht.

„Willst nicht weiterspielen?" fragt drohend das Mädchen.

„Blöde Gans! Da kommt die Kontroll. Das kost mir mei Stell! Marsch in Ihre Zelle!" fährt er mich an, und zu dem Mädchen gewandt: „Du mit!"

Er schiebt mich aus der Stube. Ich laufe in meine Zelle, das Mädchen folgt, und wie wir die Zellentür hinter uns schließen, fällt mir das Mädchen um den Hals, und wir küssen uns. Aber schon öffnet der Aufseher die Tür.

„Es war nix. Glei kimmst aussa. Jetzt hab i gnua!"

Der freundliche Arzt zeigt sich nicht mehr, doch er hat sein Versprechen nicht vergessen. Eines Tages werde ich zu ihm geführt. Zeternd und brüllend untersucht er mich, einige Tage später werde ich wegen Haftunfähigkeit zum Ersatzbataillon nach Neu-Ulm entlassen.

Ich laufe im Frühlingsabend durch die blühenden Kastanienalleen. Frei. Allein. Ich bin froh, und das Herz ist mir schwer.

NEUNTES KAPITEL

Irrenhaus

Verflogen ist der Kriegsrausch, niemand meldet sich mehr freiwillig, den jungen Rekruten, Kinder fast, schlecht genährt und schwächlich, wird im vaterländischen Unterricht Begeisterung eingepaukt, sie müssen lernen, daß Deutschland ein Recht auf Belgien, auf die baltischen Provinzen, auf Kolonien habe. Aber sie hören nicht auf die Worte gutgenährter Redner, sie hören auf die Gerüchte, die einer zum andern trägt, an der Front sollen Regimenter gemeutert haben, Österreich werde nicht mehr lange mittun, dort und dort hätten Frauen Bäcker- und Fleischerläden geplündert. Schon weigern sich Soldaten, ins Feld zu fahren, nur mit Mühe können die Offiziere sie überreden, Strafen schrecken sie nicht; besser im Zuchthaus hungern als draußen verrecken, rief einer, als man ihn verhaftete, die Frontsoldaten hätten den Krieg satt.

Der Hunger geht um in Deutschland, Professoren beweisen, daß Kleie denselben Nährwert habe wie Mehl, saccharingesüßte Marmelade bekömmlicher sei als Butter, Kartoffelkraut den Nerven zuträglicher und so gut schmecke wie Tabak. Die Lehren der Professoren dringen nicht bis zum Magen; der antwortet dem Unsinn auf seine Weise, die Menschen verfallen, erkranken, verzweifeln.

Ein deutsches Sprichwort heißt „Hunger ist ein guter Koch". Mir graust vor diesem Koch, als ich eines Abends vor der Neu-Ulmer Kaserne russische Kriegsgefangene sehe, die auf der Fahrt in ein neues Lager den Zug wechseln, sie stürzen sich auf die Tonnen, in die die Köche Kartoffelschalen und Abfall, die Soldaten Reste ihres Essens, verschimmeltes Brot und Knochen, geworfen haben, sie greifen mit ihren Händen in den säuerlich stinkenden Schleim, sie stopfen das Schweinefutter in den Mund.

Wenn wir die Kaserne verlassen, stehen Haufen von bettelnden, ausgemergelten Kindern vorm Tor, froh, ein Stück Brot zu ergattern.

Heimlich fahre ich eines Sonntags zu Gustav Landauer nach Krumbach. Ich frage mich, warum in dieser Zeit, in der die Menschen auf die Stimme der Wahrheit warten, dieser glühende Revolutionär schweigt. „Ich habe", sagt er, „mein Leben lang gearbeitet, daß diese

Gesellschaft, die auf Lug und Trug, auf der Ausbeutung und Unterdrückung des Menschen ruht, zusammenbreche, jetzt weiß ich, der Zusammenbruch wird kommen, morgen oder in einem Jahr, ich habe das Recht und den Atem, mich für diese Zeit zu bewahren, wenn die Stunde es fordert, werde ich dasein und arbeiten."

Ich habe die Nacht im Krumbacher Gasthaus geschlafen, morgens sehe ich im Fremdenbuch, daß zufällig in diesem kleinen Dorf mein Münchener Kriegsgerichtsrat seine Ferien verbringt. Wenn er mich entdeckt, ist mir neue Haft gewiß. Ich muß sofort abreisen. In Krumbach den Zug zu nehmen, ist gefährlich; Landauer und ich laufen durch fremde Gärten, über Zäune und Felder zur nächsten Station.

Unentdeckt erreiche ich Neu-Ulm, zur rechten Zeit, der Feldwebel hat nach mir verlangt. „Sie haben sich sofort transportfähig zu machen, Sie werden laut Befehl der psychiatrischen Klinik in München überwiesen."

Meine Mutter konnte nicht fassen, daß ihr Sohn wegen Landesverrats angeklagt war, furchtbar schien ihr die Anklage, furchtbar die drohende Strafe, sie begriff nicht, wie ein Mensch aus bürgerlicher Familie sich dem Kampf der Arbeiter zuwenden konnte; ‚er muß krank sein', dachte sie, ‚ich will ihm helfen', sie alarmiert die Hausärzte, sie schickt Atteste ans Gericht, ich sei schon als Kind nervös gewesen, die Folge war diese psychiatrische Untersuchung.

Im Büro der psychiatrischen Klinik empfängt mich ein hübsches Fräulein, obschon sie meine Papiere in Händen hält, in denen sie das Notwendige findet, fragt sie mich, wann und wo ich geboren und ob ich verheiratet sei. Weiche braune Augen strahlen mich an.

„Geben Sie mir Ihr Messer", sagt das hübsche Fräulein.

„Ich habe keins."

„Ihr Geld, Ihr Nasentuch und was Sie sonst in der Tasche haben."

Verdutzt sehe ich das Fräulein an.

„Kommen Sie mit."

Eine Tür öffnet sich, ein mächtiger Wärter nimmt mich in Empfang.

„Nu wollen wir mal erst baden", sagt er.

114

Wir?

Er schiebt mich in einen gekachelten Raum mit drei Wannen, in zwei Wannen liegen Menschen, einer schreit spitz und die Vokale zerreißend, der andere singt mit quäkender Stimme drei Takte la-lala-la, unaufhörlich, pausenlos.

„Ziehen Sie sich aus."

„Herr Wärter, ich habe schon gebadet, heute früh."

Der Wärter sieht gleichgültig über mich hinweg. „Ich weiß schon, ziehen Sie sich aus."

Der glaubt mir nicht, der glaubt mir nicht, alles, was ich sage, hält er für den Trick eines Verrückten, vielleicht glaubt er, es sei meine Krankheit, daß ich vorgebe, frühmorgens zu baden, ich bin einem Menschen ausgeliefert, der taube Ohren, blinde Augen hat; ich muß von hier fort, gleich, zurück in die Kaserne, oder meinethalben ins Gefängnis, nur hier nicht bleiben, ich werde schreien, ich werde toben, nein, dann bin ich verloren, was soll ich tun, daß er mir glaubt, er wird mir nie glauben, nie, ich starre auf die Tür, ein Sprung, ich bin gerettet.

„Da ist keine Klinke dran, auch an der Tür im Korridor nicht", sagt der Wärter.

Ich ziehe mich aus, ich bleibe eine Stunde mit dem Schreienden und dem Singenden im Bade, ich ziehe die bereitgelegten Hosen und den Krankenkittel an und lasse mich in einen Saal führen, in dem zwanzig oder dreißig „unruhige" Irre liegen, ich muß mich in ein Bett legen, ich beginne, an meiner Vernunft zu zweifeln.

Ein junger Mensch, auf dessen kurzem, dünnem Hals statt eines Kopfes ein verquollener Kürbis hin und her pendelt, steht von seinem Bett auf, schlürft mit schlenkernden Schritten auf mich zu, bleibt stehen, verbeugt sich feierlich dreimal, wendet sich, geht wieder zu seinem Bett und wiederholt die Zeremonie alle Viertelstunde.

Nach zwei Tagen ziehe ich um, in den Saal der Melancholiker. Ach, wäre ich doch bei meinen schreienden, singenden, gestikulierenden Freunden geblieben. Aus dreißig Betten starren schweigend zerbrochene Augen in das Grab der eigenen Finsternis.

Mein Nachbar, ein Greis, erhebt sich von seinem Bett, die blicklosen Augen, eben noch unendlich traurig, strahlen verzückt, die welken Hände suchen in wütender Bewegung, im Orgasmus sackt er zusammen, ein Wärter legt ihn in sein Bett zurück.

Abends besucht uns eine junge Ärztin, die Tochter des Professors Kräpelin, sie kommt an mein Bett, freundlich zittert ihr Kneifer, ich bitte sie leise um ein Schlafmittel, ich weiß nicht, ob meine Nerven einer dritten schlaflosen Nacht standhalten, heftig schwankt der Kneifer:

„Das glaub' ich, erst das Vaterland verraten und dann so schlapp sein und Schlafmittel verlangen!" Schon beugt sie sich über das Bett eines Idioten:

„Nicht wahr, Herr Schmidt, Sie waren an der Front, Sie würden nicht dem Feinde Vorschub leisten?"

Blöde stiert Herr Schmidt.

Man soll nicht zu große Ansprüche an Ärzte stellen, ist einer schlau, hat er bald das Abrakadabra der guten alten weisen Frauen begriffen, und an Stelle von roten Schutzbändchen und magischen Sprüchlein liefert er das Seinige. Von dem, was den Menschen bedrückt, weiß er nichts, und wenn er es weiß, versteht er es nicht.

Der Direktor der psychiatrischen Klinik ist jener berühmte Professor Kräpelin, der in einem Münchener Bierkeller einen Bund zur Niederkämpfung Englands gegründet hat.

„Herr", fährt er mich an, als ich ihm vorgeführt werde, „wie können Sie es wagen, die berechtigten Machtansprüche Deutschlands zu leugnen, dieser Krieg wird gewonnen, Deutschland braucht neuen Lebensraum, Belgien und die baltischen Provinzen; Sie sind schuld, daß Paris noch nicht erobert ist, Sie verhindern den Siegfrieden, der Feind heißt England."

Das Gesicht des Herrn Professor rötet sich, mit dem Pathos des manischen Versammlungsredners sucht er mich von der Notwendigkeit alldeutscher Politik zu überzeugen; ich lerne, daß es zwei Arten Kranke gibt, die harmlosen liegen in vergitterten klinkenlosen Stuben und heißen Irre, die gefährlichen weisen nach, daß Hunger ein Volk erzieht, und gründen Bünde zur Niederwerfung Englands, sie dürfen die harmlosen einsperren.

„Wir sprechen zwei Sprachen, Herr Professor", sage ich, „ich verstehe vielleicht Ihre Sprache, aber meine Worte sind Ihnen fremder denn chinesisch."

116

„Nicht länger dabehalten als notwendig", schnarrt seine Stimme.

Am vierten Tage werde ich entlassen, ich danke meinem Schicksal. Einige Wochen später, im Sommer 1918, entläßt mich die Kaserne, ich fahre nach Berlin.

ZEHNTES KAPITEL
Revolution

Die Not in Deutschland wächst, das Brot wird schlechter, die Milch dünner, die Bauern jagen die Städter von den Höfen, die Hamsterer kehren mit leeren Taschen heim, die Soldaten an der Front, erbittert über das Prassen und Schwelgen der Etappe, über das Elend der Heimat, haben den Krieg satt. „Gleiche Löhnung, gleiches Essen, wär' der Krieg schon längst vergessen", singen die Soldaten.

Vier Jahre haben sie an den Fronten im Osten und Westen, in Asien und Afrika gekämpft, vier Jahre dem Gegner widerstanden, im Schlamm und Regen Flanderns, im Giftdunst der wolhynischen Sümpfe, in der sengenden Glut Mesopotamiens.

In der Nacht vom 3./4. Oktober wird die Friedensnote an Wilson gesandt.

Dem deutschen Volk, das die Katastrophe nicht ahnte, öffnet das unerwartete Friedensangebot die Augen; so war alles umsonst, die Millionen Tote, die Millionen Krüppel, das große Sterben, das große Hungern, alles umsonst.

Der Sieg der bürgerlichen Demokratie, der das Friedensangebot begleitet, weckt keinen Widerhall, weder der Reichstag erkämpfte sie noch das Volk, sie wurde diktiert, wie die Brotkarte, wie die Kohlrübe. Und was hat sich denn sichtbar gewandelt? Das Klassenwahlrecht ist verschwunden, Liebknecht und die anderen politischen Gefangenen sind amnestiert, aber die Presse bleibt unterdrückt, Versammlungen bleiben verboten, die Generäle herrschen wie früher, die Minister entstammen der alten Machtkaste, die Rechtssozialisten Scheidemann und Bauer Staatssekretäre, Exzellenzen, du lieber Gott.

Nur an den Frieden denkt das Volk, es hat allzulange an den

Krieg gedacht, allzulange an den Sieg geglaubt, warum sagte man ihm nicht die Wahrheit, wenn sogar die Generäle verzagen, wie sollte das Volk nicht verzweifeln, nur keinen neuen Kriegswinter, nur nicht wieder Hunger, wieder Kälte und ungeheizte Stuben, wieder Blut, das Volk hat genug gehungert, genug geblutet, es will Frieden.

Die herrschenden Männer, die jahrelang das Volk in blinden Gehorsam zwangen und die Fühlung mit ihm verloren, spüren seine Unruhe, seine Müdigkeit, seine Verzweiflung, aber sie denken nur an die Gefährdung der Monarchie. Wenn der Kaiser abdankt, glauben sie, ist die Monarchie zu retten. Das Volk schert sich den Teufel um die Monarchie, längst hat Wilhelm das Volk verloren, die Frage heißt nicht mehr Wilhelm oder ein anderer Kaiser, sondern Krieg oder Frieden.

Die Matrosen der Flotte, des Kaisers blaue Jungen, rebellieren zuerst. Die Hochseeflotte soll auslaufen, die Offiziere wollen lieber „den Untergang in Ehren als schmachvollen Frieden", die Matrosen, die schon 1917 Pioniere der Revolution waren, weigern sich, sie löschen die Feuer, sechshundert Mann werden verhaftet, die Matrosen verlassen die Schiffe, stürmen die Gefängnisse, erobern die Stadt Kiel, die Werftarbeiter verbünden sich mit ihnen, die deutsche Revolution hat begonnen.

München folgt, Hannover, Hamburg, das Rheinland, Berlin. Am 9. November 1918 verlassen die Berliner Arbeiter die Betriebe, von Osten, Süden, Norden ziehen die Massen zum Zentrum der Stadt, alte ergraute Männer, Frauen, die jahrelang an den Drehbänken der Munitionsfabriken gestanden haben, Kriegsinvaliden, Knaben, die die Arbeit der Väter übernahmen. Fronturlauber stoßen zum Zug, Kriegswitwen, Krüppel, Studenten, Bürger. Nicht Führer haben die Stunde des Aufbruchs bestimmt, die revolutionären Obleute der Betriebe rechneten mit einem späteren Tag, die rechtssozialistischen Abgeordneten sind überrascht und bestürzt, sie waren dabei, mit dem Reichskanzler Prinz Max von Baden über die Rettung der Hohenzollern-Monarchie zu verhandeln.

Schweigend marschiert der Zug, kein Lied flammt auf, kein Jubel. Am Tor der Maikäfer-Kaserne hält der Zug. Die Tore sind versperrt, aus Fenstern und Scharten drohen Flintenläufe, Maschinengewehre. Werden die Soldaten schießen?

Aber die Feldgrauen sind die Brüder dieser ausgemergelten, verhungerten Massen, sie schleudern die Gewehre zu Boden, die Tore springen auf, das Volk dringt in die Kaserne und verbrüdert sich mit den Soldaten des Kaisers.

Die kaiserliche Flagge wird eingezogen, die rote Fahne gehißt, vom Balkon des Schlosses verkündet Liebknecht die deutsche sozialistische Republik.

Die herrschenden Gewalten weichen ohne Kampf, ohne Widerstand, die Offiziere ergeben sich, nur einer, in ganz Deutschland einer, der Kapitän des Schiffes „König", hält seinem Kaiser die Treue und stirbt für ihn. Und was tun die Fürsten? Prinz Heinrich, der Bruder des Kaisers, bindet sich um den Arm eine rote Binde und flieht, der bayerische Kronprinz Ruprecht verläßt im rotbeflaggten Auto des Brüsseler Soldatenrats die Truppe, Wilhelm II. flieht nach Holland. Kläglich ist dieses Schauspiel, aber gefährlich für das Volk. Wollte es denn Revolution? Es wollte Frieden. Kampflos ist ihm die Macht zugefallen. Wird es lernen, die Macht zu bewahren?

Im Schloß zu Potsdam sitzt die Kronprinzessin, sie hat ihre Kinder um sich versammelt, sie denkt an das Schicksal Marie Antoinettes, an das Schicksal der Zarin, gleich werden die Revolutionäre das Schloß stürmen und sie umbringen samt ihren Kindern. Ein alter Diener meldet mit bleicher Stimme, der revolutionäre Soldatenrat von Potsdam wünsche Kaiserliche Hoheit zu sprechen; der Soldatenrat tritt ins Zimmer, an der Tür schlägt er die Hacken zusammen, nicht die Verhaftung verkündet er, ehrerbietig spricht er: „Im Namen des Potsdamer Soldatenrats soll ich Kaiserliche Hoheit fragen, ob sich Kaiserliche Hoheit sicher genug fühlen, auf alle Fälle hat der Rat von Potsdam bestimmt, daß zehn revolutionäre Soldaten den Schutz Eurer Kaiserlichen Hoheit übernehmen." Spricht's, schlägt die Hacken zusammen und geht davon.

Ein Märchen? Der zweite Sohn der Kronprinzessin hat es mir erzählt.

„So sah eure Revolution aus", sagte er.

In Hamburg besetzten die Unabhängigen das Gebäude der rechtssozialistischen Zeitung; zeternd laufen die Rechtssozialisten zum alten kaiserlichen Richter, der erläßt eine einstweilige Verfügung, mit dem Papier in der Hand stürmen sie ins Verlagsgebäude, die unabhängigen Revolutionäre lesen das Papier, sehen den Stempel der Behörde, erbleichen und verlassen mit knirschenden Zähnen das eroberte Haus.

Die deutsche Revolution fand ein unwissendes Volk, eine Führerschicht bürokratischer Biedermänner. Das Volk rief nach dem Sozialismus, doch nie in den vergangenen Jahren hatte es klare Vorstellungen vom Sozialismus gewonnen; es wehrte sich gegen seine Bedrücker, es wußte, was es nicht wollte, aber es wußte nicht, was es wollte. Die Rechtssozialisten und Gewerkschaftsführer waren versippt und verfilzt mit den Gewalten der Monarchie und des Kapitalismus, deren Sünden waren ihre Sünden. Sie hatten sich abgefunden mit dem bürgerlichen *juste milieu*, ihr Ideal war die Überwindung des Proletariers durch den kleinen gehobenen Bürger. Ihnen fehlte das Vertrauen zu der Lehre, die sie verkündet hatten, das Vertrauen zum Volk, das ihnen vertraute.

Am Tage nach der Revolution nahmen sie den Kampf auf, nicht gegen die Feinde der Revolution, nein, gegen ihre leidenschaftlichsten Pioniere, sie hetzten und jagten sie, bis sie zur Strecke gebracht waren, und quittierten den Dank in den Salons der feinen Gesellschaft. Sie haßten die Revolution, Ebert hatte den Mut, es auszusprechen.

Das Volk, durch die Monarchie ferngehalten von der Verwaltung seiner Geschicke, verzichtete jetzt freiwillig. Der Fuchsbau der alten reaktionären Bürokratie, anstatt ihn zu zerstören, wurde gehätschelt und gepflegt. Bald pfiff aus ihm die Antwort.

Den Offizieren wurden in den ersten Tagen die Achselstücke von den Schultern gerissen, das Volk wollte nicht einmal ihren Trägern wehe tun, es wollte das Symbol des Herrentums und des Kadavergehorsams zerstören, weil es mit sicherem Instinkt erkannte, daß in Symbolen Traditionen, Gefühle und Wünsche der herrschenden Klasse eingefangen sind. Bald waren die Offiziere wieder Herren und obenauf.

Ende Oktober war ich nach Berlin gekommen. Ich sprach in den Versammlungen der Bürger und Studenten, in denen Walter Rathenaus Aufruf zum nationalen Widerstand, zur *Levée en masse* umkämpft wurde. Mag der einzelne Mensch das Recht haben, den Freitod zu wählen, wahnwitzig ist es, ein Volk in den Selbstmord zu treiben, weil seine Führung versagt hat. Der Aufruf beschwört die sinnlose

Verwüstung Deutschlands. Wir Heidelberger Studenten, erfahrener und reifer jetzt, haben uns wiedergefunden und versuchen, gegen diesen Wahnwitz zu kämpfen. Wir sehen die Revolution kommen und sammeln die Kameraden.

Am 9. November liege ich in Landsberg im Haus meiner Mutter mit schwerer Grippe. Während der Arzt mit bedenklicher Miene das steigende Fieber beobachtet, bringt die Schwester die Nachricht der Revolution. Am nächsten Tag fahre ich nach Berlin.

Hugo Haase, der Volkskommissar, schlägt mir vor, Georg von Arco, den man als Gesandten des Reichs nach München schicken will, als Sekretär zu begleiten. Aber inzwischen hatte Eisner mich eingeladen. –

Auch in Bayern war das Volk kriegsmüde, zur Kriegsmüdigkeit kam die Angst, daß italienische Truppen nach dem Zusammenbruch Österreichs in Bayern einmarschieren würden. Die Bauern hatten den Krieg in Frankreich und Rußland gesehen, sie dachten an die granatenzerwühlten Gräben, die zerschossenen Dörfer, die verwüstete Erde. Der traditionelle Haß gegen Preußen, gegen die Hohenzollern erwachte, mögen die den Krieg weiterführen, ohne sie. Vom Hause Wittelsbach erwarteten sie nichts mehr; der König, sagten die Bauern, hat sich von Berlin einwickeln lassen, würde er sich sonst nicht gegen die bürokratischen Kriegsgesellschaften, die agrarischen Zwangsmaßnahmen gewehrt haben? Weil's die in Berlin so haben wollen, dürfen sie in Bayern ihr Korn nicht mahlen, weil die Saupreußen schlechtes Bier trinken, müssen auch sie Spülwasser schlucken.

Eisner, mit psychologischem Instinkt, erfaßte die Stimmung des Landes, er gewann die Bauern und Arbeiter für den Sturz der Monarchie, gegen den Widerstand der Rechtssozialisten, die über die Bildung einer konstitutionellen Regierung verhandelten.

Kiel war das Fanal. Am 7. November zogen zweihunderttausend Menschen, voran Eisner und der blinde Bauer Gandorfer, von der Theresienwiese in die Stadt, der König flüchtete, die Revolution eroberte Bayern. In der Nacht wählte der Arbeiter-und-Soldaten-Rat Eisner zum Ministerpräsidenten des Freistaats Bayern.

In München ernennt mich der Zentralrat der bayerischen Arbeiter-,

Bauern- und Soldatenräte, in dem ich viele Kameraden vom Januarstreik wiederfinde, zu seinem zweiten Vorsitzenden. In der Kleinarbeit des Tages lerne ich die mannigfachen praktischen Nöte der Bauern und Arbeiter verstehen.

Mitte Dezember fahre ich zum Rätekrongreß nach Berlin. Hier sollte sich endlich der politische Wille der deutschen Revolution zeigen. Welche Zerfahrenheit, welches Unwissen, welchen Mangel an Willen zur Macht beweist er!

Der deutsche Rätekongreß verzichtet freiwillig auf die Macht, das unverhoffte Geschenk der Revolution; die Räte danken ab, sie überlassen das Schicksal der Republik dem Zufallsergebnis fragwürdiger Wahlen des unaufgeklärten Volks. In jeder parlamentarischen Republik sind die Minister dem Reichstag verantwortlich, die Räte bestimmen, daß die Volkskommissare ohne die Kontrolle und unabhängig vom Willen des Zentralrats regieren mögen. Die Republik hat sich selbst das Todesurteil gesprochen.

Karl Liebknecht und Rosa Luxemburg, die Pioniere der Revolution, wollen vor den Räten sprechen. Der Kongreß lehnt ab, sie anzuhören.

Einen Monat später, beim Spartakusaufstand, der gegen Liebknechts und Rosa Luxemburgs Willen losbricht, werden beide erschlagen, auf der Flucht erschossen, sagt die amtliche Meldung. Die Nachricht erreicht mich in München, ich jage in eine Massenversammlung der Rechtssozialisten. „Liebknecht und Luxemburg sind ermordet", rufe ich, und die Menge, die verblendete Menge, schreit: „Bravo! Recht ist ihnen geschehen, den Hetzern!"

In Bayern erschwert die Aktivität der Arbeiter-, Bauern- und Soldatenräte der Reaktion die Sammlung. Sie findet Verbündete in den rechtssozialistischen Ministern, eine Bürgerwehr wird mit Hilfe Auers, der sie öffentlich fördert und bewaffnet, formiert. Diese Bürgerwehr ist der erste Bund, der die Kräfte der Konterrevolution organisiert, Vorläufer der *Orgesch*, des Stahlhelm, der Einwohnerwehr, der nationalsozialistischen Sturmtruppen. Eines Tages werden sie ihre Paten davonjagen. Neben der legalen Wehr arbeitet die illegale; Fabrikanten geben das Geld zur Bezahlung einer Söldnertruppe, die alten Offiziere haben wieder zu tun, sie hecken Pläne aus zur Besetzung der Regierungsgebäude, sie organisieren Spionagebüros und Sprengkommandos, sogar der Glocken- und Fliegeralarm wird vorbereitet. Wenn sie losschlagen, wollen sie sagen, sie müßten die Nationalversammlung vor den Bolschewisten schützen, in Wirklichkeit gilt ihr Putsch dem Sturz der Republik. Im provisorischen Nationalrat enthülle ich im Auftrag des Arbeiterrats die Pläne, die uns verraten waren. Die Bürgerwehr arbeitet im geheimen weiter, bald wird es sich zeigen.

Anfang Februar fahre ich mit Eisner nach Bern zum Kongreß der Zweiten Internationale. Mit welch inbrünstigen Hoffnungen glaubte das Proletariat aller Länder an diese Internationale.

Nie mehr würde es den Herren des Kapitalismus gelingen, Kriege zu entfachen und die Werktätigen zu blenden, nie mehr würde das Märchen vom angreifenden und angegriffenen Staat Glauben finden, die Völker sind nicht mehr folgsame Horden, sie sind erwacht und werden den Brudermord verhindern, eher werden sie die Gewehre umkehren, als neue Verbrechen an der Menschheit dulden.

Am 4. August 1914, am ersten Kriegstag, zerbrach die Zweite Internationale, weder die Führer band sie noch die Massen; ihren Ideen wahrten nur kleine Gruppen die Treue. Dem Rausch des Nationalismus hielt der internationale Gedanke nicht stand, der Chauvinismus triumphierte, die Proletarier aller Länder vergaßen die brüderlichen Schwüre und schossen aufeinander, nicht mehr die Menschheit war das Vaterland, sondern der kapitalistische Staat, nicht mehr der Bourgeois war der Feind, sondern der Genosse jenseits der Grenze; die Ideale der Vergangenheit waren stärker als die Ideale der Zukunft, die von der herrschenden Klasse gezüchteten Instinkte stärker als flüchtige intellektuelle Einsichten.

In Bern treffen sich die Schiffbrüchigen der Zweiten Internationale, sie haben nicht den Mut, ihren Bankerott zu bekennen und die politischen, moralischen und psychologischen Gründe dieses Bankerotts zu erforschen, sie verhandeln tagelang über die Kriegsschuldfrage, Munitionsminister, königliche Sozialisten, militärfromme Sozialdemokraten überhäufen sich mit Vorwürfen, alle suchen und finden die Sünden der andern und vergessen die eigenen.

Eisner, Friedrich Adler, einige andere, die im Krieg zum Sozialismus sich bekannten, versuchen, die Zweite Internationale zu retten. Die Manifeste der Einigkeit verdecken nicht den unheilbaren Riß; Parteien, die wahrlich eine Welt gewinnen konnten, haben versagt und versagen weiter, hier zerschellt ein großer Glaube, eine große Menschheitshoffnung, hier scheiden sich Wahrheit und Lüge; neue Fundamente müssen gebaut, neue Formen, neue Wege gefunden werden.

Eisner hat mit seiner Berner Rede gegen den Imperialismus und gegen die Kriegsverbrecher den erbitterten Haß der deutschen Reaktion erregt. Auf dem Weg zum bayerischen Landtag töten ihn die Schüsse des einundzwanzigjährigen Grafen Arco-Valley. [...]

———

Der deutsche Hinkemann

(Aus den Schlußszenen der Heimkehrer-Tragödie)[1]

1923

Ernst Toller

[Eugen Hinkemann ist Weltkriegsheimkehrer. Im Krieg ist
sein ‚Geschlecht' zerschossen worden, doch seine Frau Grete
will bei ihm bleiben und zu ihm stehen.]

[…]

HINKEMANN […]: Was … Was starrst du mich so an? … Wie blicken
deine Augen drein? … Ich will kein Mensch heißen, wenn in deinen
Augen ein Falsch ist! … Die Augen kenne ich! … Die Augen habe
ich gesehen in der Fabrik … die Augen habe ich gesehen in der Kaserne … die Augen habe ich gesehen im Lazarett … die Augen habe
ich gesehen im Gefängnis. Das sind die selben Augen. Die Augen
der gehetzten, der geschlagenen, der gepeinigten, der gemarterten
Kreatur … Ja, Gretchen ich dachte, du bist viel reicher als ich, und
dabei bist du ebenso arm und ebenso hilflos … Ja, wenn das so ist,
wenn das so ist dann sind wir Bruder und Schwester. Ich bin du und
du bist ich … Und was soll nun werden?
GRETE HINKEMANN: Ich will dich nie mehr verlassen.
HINKEMANN: Das ist nicht die Frage, Grete. Das liegt jetzt hinter uns.
Was haben wir damit zu schaffen. Wie ist es gleichgültig, wenn du
mit einem andern gehst, wie ist es gleichgültig, wenn du mich be-
lügst, wie ist es gleichgültig, wenn du über mich lachst. Es hilft dir
nichts. Und wenn du in seidenen Kleidern gingst und hättest eine
Villa und kämest aus dem Lachen gar nicht mehr heraus – alles
gleich, du bleibst eine ebenso arme Kreatur wie ich. In dieser Stunde
habe ich es erkannt … Laß mich allein, Grete.

---

[1] Textquelle I Ernst TOLLER: Der deutsche Hinkemann. Eine Tragödie in drei Akten. Potsdam: Kiepenheuer 1923, S. 56-61. [Online-Ausgabe Badische Landesbib-
liothek Karlsruhe: https://nbn-resolving.org/urn:nbn:de:bsz:31-87396].

GRETE HINKEMANN: Jetzt soll ich dich allein lassen?

HINKEMANN: Immer mußt du mich allein lassen.

Und immer muß ich dich allein lassen.

GRETE HINKEMANN: Was soll denn nun werden?

HINKEMANN: Einmal, vor sechs Jahren, ging es mir arg schlecht. Der Hunger ließ mir das Wasser im Munde zusammenlaufen, wenn ich einen Menschen essen sah! Was das für ein Gefühl war, Grete, wenn ich über die Kinderspielplätze in den Stadtbezirken der reichen Leute ging, und vor mir ein kleiner Junge mit zufriedenem Mund in sein großes Butterbrot biß! Wie einem da die Gier kam! Wie dann der Hunger auf einmal gar nicht mehr so weh tat! Der Junge, der kaute, brachte mich zum Rasen! Ich wäre fast ein Mörder geworden, nur um den Jungen nicht mehr kauen zu sehen!

GRETE HINKEMANN: Eugen, was heißt das alles? Ich verstehs nicht mehr.

HINKEMANN: Ich bin lächerlich geworden durch eigene Schuld. Als ich mich hätte wehren sollen, damals als die Mine entzündet wurde von den großen Verbrechern an der Welt, die Staatsmänner und Generäle genannt werden, habe ich es nicht getan. Ich bin lächerlich wie diese Zeit, so traurig lächerlich wie diese Zeit. Diese Zeit hat keine Seele. Ich hab kein Geschlecht. Ist da ein Unterschied? Gehen wir jeder unsern Weg. Du den deinen. Ich den meinen.

GRETE HINKEMANN: Eugen, was heißt das alles?

HINKEMANN: Daß ich nicht weiß, wie lange das bei mir anhält, was ich da erkannt habe. Die lebendige Natur vom Menschen ist stärker als sein Verstand. Der Verstand ist nur ein Mittel zum Selbstbetrug.

GRETE HINKEMANN: Und was wird mit mir?

HINKEMANN: Du bist gesund. Ein Kranker hat hier nichts zu suchen auf dieser Erde, so wie sie da eingerichtet ist … in der jeder nur gilt, was er n ü t z t. Entweder er ist gesund, dann hat er auch eine gesunde Seele. Das sagt der gesunde Menschenverstand. Oder er ist im Gehirn krank, dann gehört er in eine Irrenanstalt. Es stimmt nicht ganz, aber es ist auch nicht falsch. Ein Kranker kann nichts mehr tun, er ist wie gelähmt in seinem Blut. Seine Seele, die ist wie der tote Flügel einer Lerche, wie ein Adler in den Schaugärten, dem man die Sehnen zerschnitt … leb wohl, Grete, ich wünsch dir ein gutes Leben.

126

GRETE HINKEMANN: Was hast du vor, Mann … Was hast du vor? …
Du willst mich allein lassen?

HINKEMANN: Es ist nicht um meine Krankheit … es ist nicht um meinen zerschossenen Leib … Ich bin durch die Straßen gegangen, ich sah keine Menschen. Fratzen, lauter Fratzen. Ich bin nach Haus gekommen, ich sah Fratzen … und Not … sinnlose, unendliche Not der blinden Kreatur … Ich habe die Kraft nicht mehr. Die Kraft nicht mehr zu kämpfen, die Kraft nicht mehr zum Traum. Wer keine Kraft zum Traum hat, hat keine Kraft zum Leben. Der Schuß, der war wie eine Frucht vom Baume der Erkenntnis. Alles Sehen wird mir Wissen, alles Wissen Leid. I c h w i l l n i c h t m e h r.

GRETE HINKEMANN: Du willst dir ein Leids antun! … Eugen … Eugen … ich habe gar nicht gelacht! Eugen! So hör doch! Ich habe gar nicht gelacht. Du … Ich bleib bei dir. Immer! Immer! Alles wird wieder gut. Wir zwei. Keiner wird frieren. Ich bei dir. Du bei mir …

HINKEMANN: Du hast nicht gelacht … Schau mich an, Grete … Ich glaube dir, Grete … O du. *Küßt sie zärtlich.* Alles wird wieder gut … Ich bei dir … Du bei mir …

GRETE HINKEMANN *sich an ihn schmiegend*:
Sommer wird sein und Stille im Wald.
Sterne und Gehen Hand in Hand.

HINKEMANN *sich von ihr lösend*:
Herbst wird sein und Welken im Laub …
Sterne … und Haß! … und Faust gegen Faust! …

GRETE HINKEMANN *aufschreiend*: Eugen!

HINKEMANN *müde*: Ich weiß zuviel.

GRETE HINKEMANN *wie ein hilfloses Kind weinend*: Laß mich nicht allein … Ich gehe irre im Dunkeln. Ich tu mir weh … Ich falle … Alles ist wund an mir … Wie es schmerzt! Wie es schmerzt! … Oh. Oh … Ich habe solche Angst vorm Leben! Denk doch! a l l e i n ! Im Leben allein! In einem Wald voll wilder Tiere allein! … Keiner ist gut. Jeder nagt an Deinem Herzen … Nicht allein lassen!! Nicht allein lassen!!! Gott hat mein Schicksal bestimmt. Ich gehöre zu dir.

HINKEMANN: Was gegen die Natur ist, kann nicht von Gott sein. – Versuch es, Grete, versuch es … kämpf du … du bist gesund … fang ein neues Leben an … kämpf für eine neue Welt … für unsere Welt.

GRETE HINKEMANN *mit zuckenden Schultern*: Wenn ich … Wenn ich selbst wollte … ich kann es nicht mehr … Ich hab nicht den Mut, ich bin wie zerbrochen. Verzweifelt. Mein Gott, ich finde mich nicht mehr zurecht. Wir sind in einem Netz, Eugen, in einem Netz. Eine Spinne sitzt da und läßt uns nicht los. Sie hat uns eingesponnen. Ich kann meinen Kopf kaum noch bewegen. Ich versteh das Leben nicht mehr ... ach erlöse uns von dem Übel, du mein Heiland Jesu Christ ...

Grete geht mit schweren Schritten hinaus.

HINKEMANN *allein*: Wo ist der Anfang und wo das Ende? Wer will das bei einem Spinngewebe sagen?

Hinkemann packt den Priap [phallisches ‚Kultobjekt'] *und wirft ihn in den Herd.*

HINKEMANN: Du Lügengott! Du armseliger Schlucker!

... *Nach einer Pause.*

Wenn die Dinge so stehen, wer hat ein Recht, den anderen zu richten? Jeder ist verdammt, sich selbst zu richten. Erlösung! Erlösung! Auf allen Straßen der Welt schreien sie nach Erlösung! Der Franzos, der mich zum Krüppel schoß, der Neger, der mich zum Krüppel schoß, schreit vielleicht nach Erlösung ... Ob er noch leben mag? Und w i e wird er leben?? ... Ist er blind, ohne Arm, ohne Bein? Er tat mir weh, und ein anderer tat ihm weh ... Wer aber tat uns allen weh? ... E i n Geist sind wir, e i n Leib. Und es gibt Menschen, die sehen das nicht. Und es gibt Menschen, die haben das vergessen. Im Krieg haben sie gelitten und haben ihre Herrn gehaßt und haben gehorcht und haben gemordet! ... Alles vergessen ... Sie werden wieder leiden und werden wieder ihre Herrn hassen und werden wieder ... gehorchen und werden wieder ... morden. So sind die Menschen ... Und könnten anders sein, wenn sie wollten. Aber sie wollen nicht. Sie steinigen den Geist, sie höhnen ihn, sie schänden das Leben, sie kreuzigen es ... immer und immer wieder ... Wie ist das sinnlos! Machen sich arm und könnten reich sein und brauchten keine himmlische Erlösung ... die Verblendeten! Als ob sie so tun müßten im blinden Wirbel der Jahrtausende! Nicht anders könnten. Müßten. Gleich Schiffen, die der Mälstrom an sich reißt und z w i n g t einander zu zermalmen ...

Draußen Stimmengewirr. Die Tür wird aufgerissen. Ein Haufen Menschen dringt ein. Allen voran Max Knatsch.

MAX KNATSCH: Aufn Hof ... aufn Hof ... aufn Hof ... deine Frau ... hat sich heruntergestürzt ... Kiek nicht hin ... Kiek sie nicht an ... es ist ... furchtbar ...

Leute tragen in eine Decke gehüllt die Leiche von Grete Hinkemann herein.

HINKEMANN *mit starrem Blick und mechanischen Gebärden*: Laßt mich allein, laßt mich allein ... laßt mich allein mit meinem Weib ... *Flehend.* Ich bitt euch drum.

Alle verlassen das Zimmer. Hinkemann geht an die Tischschublade. Entnimmt ihr einen Knäuel Bindfaden. Mit sachlicher Ruhe knüpft er die Bindfaden au einem Strick.

HINKEMANN: Sie war gesund und hat das Netz zerrissen. Und ich steh noch hier ... ich steh hier, kolossal und lächerlich ... Immer werden Menschen stehen in ihrer Zeit wie ich. Warum aber trifft es mich, gerade mich? ... Wahllos trifft es. Den trifft es und den trifft es. Den trifft es nicht und den trifft es nicht ... Was wissen wir? ... Woher? ... Wohin? ... Jeder Tag kann das Paradies bringen, jede Nacht die Sintflut.

Bühne schließt sich.

Ernst Toller

Lithographie von Emil Stumpp (1886-1941)
Berlin-Charlottenburg, 18.02.1926
(Repro nach R. Lütgemeier-Davin: Köpfe der Friedensbewegung)

Reichskanzler Hitler

(Warnung vor dem Nationalsozialismus)[1]
Die Weltbühne, 1930

Ernst Toller

[...] Wir schreiben Silvester 1931. Vor den Toren Berlins wartet Reichskanzler Hitler. Die republikanischen Führer beraten und beraten, sie stecken die Köpfe zusammen [...]. Es ist an der Zeit, gefährliche Illusionen zu zerstören. Nicht nur Demokraten, auch Sozialisten und Kommunisten neigen zu der Ansicht, man solle Hitler regieren lassen, dann werde er am ehesten „abwirtschaften". Dabei vergessen sie, dass die Nationalsozialistische Partei gekennzeichnet ist durch ihren Willen zur Macht und zur Machtbehauptung. Sie wird es sich wohl gefallen lassen, auf demokratische Weise zur Macht zu gelangen, aber keinesfalls auf Geheiß der Demokratie sie wieder abgeben. [...]

Reichskanzler Hitler wird die Errungenschaften der Sozialdemokratie [...] mit einem Federstrich beseitigen. Über Nacht werden alle republikanischen, sozialistischen Beamten, Richter und Schupos ihrer Funktionen enthoben sein, an ihre Stelle werden fascistisch zuverlässige Kaders treten. Bei der Reichswehr hat Hitler nicht viel Arbeit, dort braucht er nur die „angekränkelte" Generalität zu ersetzen. Wer heute über Reichswehr, Polizei, Verwaltung und Justiz verfügt, ist in normalen Situationen kaum mehr aus dem Sattel zu heben. [...] heute biedert er [= Hitler] sich schon beim englisch-amerikanischen Kapital an, er wird die Geste nach außen setzen, und die Tat nach innen. Der Inhalt dieser Tat wird nackter, brutaler Terror gegen Sozialisten, Kommunisten, Pazifisten und die paar überlebenden Demokraten sein.

---

[1] Textquelle | Ernst TOLLER: Reichskanzler Hitler. In: Die Weltbühne, 7. Oktober 1930, S. 537-539. – Der Auszug hier nach Karlheinz LIPP / Reinhold LÜTGEMEIER-DAVIN / Holger NEHRING (Hg.): Frieden und Friedensbewegungen in Deutschland 1892-1992. Ein Lesebuch. Essen: Klartext Verlag 2010, S. 215.

Manche Politiker glauben, die Ideologie Hitlers entspreche der Ideologie des Kleinbürgertums. Das Kleinbürgertum war noch nie von einer Ideologie „besessen", es war noch immer bereit, die Ideologie wie einen Handschuh zu wechseln, wenn ihren Interessen Rechnung getragen wurde.

Jede siegreiche Partei hat Ämter und Gelder zu vergeben und daneben Machtstellungen, die dem Selbstgefühl schmeicheln. Hunderttausend Hitlerianer warten auf Ämter! [...]

Es hat keinen Sinn, die Hitler-Bewegung zu bekämpfen, indem man ihre chauvinistischen Begriffe übernimmt. [...]

Es gibt eine einzige Macht, die noch ernsthaft mit dem Fascismus den Entscheidungskampf aufnehmen ... könnte, die Einheitsfront der freien Gewerkschaften. Aber heute fürchten ihre Führer um den aus Arbeitergroschen ersparten Millionenbesitz. Ist der Fascismus einmal stark genug, wird er auch vor den Gewerkschaften, die er in der ersten Zeit schonen mag, nicht haltmachen. Oder werden die Gewerkschaften wieder den Boden der Tatsachen betreten? Sieben Millionen organisierte Arbeiter haben das Wort.

Der Fascismus in einem Land zieht nach sich den Fascismus im andern. [...]

———

Über Ernst Toller

(Zur Person | Werke)

Portal der ‚Ernst Toller Gesellschaft'[1]

Ernst Toller wird 1893 als eines von drei Kindern einer jüdischen, bürgerlichen Kaufmannsfamilie in Samotschin in der damaligen preußischen Provinz Posen im heutigen Polen geboren. Nach seinem Schulabschluss schreibt er sich 1914 an der Universität von Grenoble für Philosophie und Rechtswissenschaft ein. Als die Meldung vom Ausbruch des der Ersten Weltkriegs ihn erreicht, kehrt er sofort nach Deutschland zurück und meldet sich freiwillig.

Nach einem körperlichen und psychischen Zusammenbruch wird Toller 1916 als kriegsverwendungsunfähig entlassen und nimmt in München und Heidelberg sein Studium wieder auf. Dort gründet er einen pazifistischen Jugendbund, der ihn in ersten Konflikt mit den Ordnungskräften bringt. 1918 schließt er sich der Berliner Streikbewegung an. Daneben schreibt er an seinem ersten Stück, *Die Wandlung.*

Im Mai 1918 wird Toller wegen versuchten Landesverrats festgenommen und wieder in die Armee eingezogen. Als im November die Monarchie zusammenbricht, kämpft Toller in München auf der Seite der Revolution und beteiligt sich an der Gründung einer Räterepublik. Dort bekleidet er zahlreiche Ämter und Funktionen. Im März 1919 wird Toller (zusammen mit Andreas Fendl) zum Vorsitzenden der USPD München erklärt und steht für einige Tage im April als Vorsitzender des Provisorischen Revolutionären Zentralrats an der Spitze der improvisierten Sowjetrepublik.

Nach der Niederschlagung der Räterepublik wird Toller wegen Hochverrats verhaftet und zu fünf Jahren Festungshaft verurteilt, die er zuerst in der Justizvollzugsanstalt München („Stadelheim"),

---

[1] Mit freundlicher Genehmigung der *Ernst Toller Gesellschaft* e.V. hier übernommen vom Internetportal https://www.ernst-toller.de/person/ (zuletzt abgerufen am 09.03.2024).

in Neuburg an der Donau und in Eichstätt verbringt, bevor er 1920 nach Niederschönenfeld überführt wird. In der Haft entstehen nacheinander die Stücke *Masse Mensch* (1921), *Die Maschinenstürmer* (1922), *Der deutsche Hinkemann* (1923) und *Der entfesselte Wotan* (1923), die ihm auch international zum Durchbruch als Dramatiker verhelfen und mit großem Erfolg inszeniert werden. Darüber hinaus verfasst er zwei Gedichtbände, *Gedichte der Gefangenen* (1921) und *Das Schwalbenbuch* (1924), das Puppenspiel *Die Rache des verhöhnten Liebhabers* (1920), die Massenfestspiele *Bilder aus der großen französischen Revolution* (1922) und *Krieg und Frieden* (1923) sowie die Chorwerke *Requiem den erschossenen Brüdern* und *Tag des Proletariats* (beide ca. 1920).

Nach der Freilassung beginnt für Toller eine Zeit starken politischen und kulturellen Engagements. Er engagiert sich etwa in der Deutschen Liga für Menschenrechte, setzt sich für politische Gefangene ein, bezieht Stellung in Kontroversen, hält zahlreiche Vorträge und Reden, geht auf Lesereisen und ist weiterhin literarisch tätig: Es entstehen die Stücke *Hoppla, wir leben!* (1927), *Bourgeois bleibt Bourgeois* (1929, zusammen mit Walter Hasenclever), *Feuer aus den Kesseln* (1930), *Wunder in Amerika* (1931, zusammen mit Hermann Kesten) und *Die blinde Göttin* (1932).

Daneben kann man in Tollers Werk einen Trend zum journalistischen und dokumentarischen Schreiben erkennen. Dieser manifestiert sich in zahlreichen Reportagen und Aufsätzen, Reiseberichten sowie Kommentaren zu (kultur-)politischen Themen, aber auch in den Hörspielen *Berlin – letzte Ausgabe!* (1930) und *Indizien* (1932) sowie vor allem in dem 1927 publizierten Band *Justiz. Erlebnisse*, in dem Toller die Behandlung politisch linksstehender Gefangener in Bayern dokumentiert.

Toller unternimmt zahlreiche Reisen, u. a. nach Ägypten und Palästina (1925), in die Sowjetunion (1926 und 1930), nach Frankreich (1926), England (1925, 1928 und 1929), Österreich (1927), Dänemark, Schweden und Norwegen (1927 und 1928) und in die USA (1929). Einen Teil der in dieser Zeit gesammelten Reiseeindrücke veröffentlicht Toller 1930 unter dem Titel *Quer durch. Reisebilder und Reden.*

Von einer Reise in die Schweiz im Februar 1933 kehrt Toller nicht mehr nach Deutschland zurück. Seine Berliner Wohnung wird noch in der Nacht des Reichstagsbrands von SA-Leuten geplündert, seine

Stücke werden verboten, seine Bücher verbrannt, sein Name auf die erste Ausbürgerungsliste des Deutschen Reichs gesetzt.

Toller bleibt zunächst für einige Monate bei Emil Ludwig in Zürich und stellte dort seine Autobiographie *Eine Jugend in Deutschland* fertig, die noch 1933 im neu gegründeten Exilverlag Querido publiziert wird. 1934 übersiedelt er nach London und gehört dort zu den Mitbegründern des deutschen Exil-P.E.N. Er hält leidenschaftliche, appellierende Reden, spricht im Rundfunk, hält Vorträge auf internationalen Kongressen, vor Gewerkschaftsvertretern und Arbeitern, initiiert und unterstützt Flüchtlingshilfsprojekte. Daneben setzt er seine Reisetätigkeit fort, u. a. nach Russland (1934), Frankreich (1935) und Spanien (1936), und festigt zunehmend sein Ansehen als literarische und politische Symbolfigur des deutschsprachigen Exils. Zeitgleich schreibt Toller an dem Theaterstück *Nie wieder Friede* (1934–1936).

Im Mai 1935 heiratet Toller die 18-jährige Schauspielerin Christiane Grautoff, die ihn im Oktober des darauffolgenden Jahres in die USA begleitet. Toller geht zunächst auf Vortragstournee quer durch die Vereinigten Staaten, und spricht – zum Teil mehrmals täglich – über kulturelle und politische Themen, v. a. aber über die Situation in Deutschland. Im Februar 1937 schließt er in Los Angeles einen hochdotierten Einjahresvertrag als Drehbuchautor bei MGM ab. Hier arbeitet er an den Drehbüchern *Lola Montez* (auch: *Heavenly Sinner*) und *Der Weg nach Indien*, die aber beide nicht auf der Leinwand realisiert werden.

Toller kehrt im Februar 1938 nach New York zurück; es kommt zur Trennung von Grautoff. Toller reist ins Bürgerkriegsspanien und ruft ein internationales Hilfsprojekt für die hungernde Zivilbevölkerung ins Leben, für das er Regierungsvertreter aller nichtfaschistischen westlichen Staaten besucht. Parallel dazu arbeitet er an seinem letzten Stück, *Pastor Hall*. Sein letztes politisches Werk scheitert am Sieg Francos Ende März 1939 und der damit einhergehenden faschistischen Diktatur in Spanien.

Am 22. Mai 1939 nimmt sich Toller in seinem Zimmer im Mayflower Hotel das Leben.

Drama: Hoppla, wir leben! | Erstausgabe 1927

TOLLERS WERKE[2]

Prosa:

Justiz-Erlebnisse, 1927 I Quer durch. Reisebilder und Reden, 1930 I Eine Jugend in Deutschland, 1933 I Briefe aus dem Gefängnis, 1935.

Drama:

Die Wandlung, 1919 I Die Rache des verhöhnten Liebhabers, 1920 I Masse Mensch, 1921 I Deutsche Revolution, 1921 I Bilder aus der großen französischen Revolution, 1922 I Die Maschinenstürmer, 1922 I Der deutsche Hinkemann, 1923 I Der entfesselte Wotan, 1923 I Berlin 1919, 1926/27 I Hoppla, wir leben!, 1927 I Bourgeois bleibt Bourgeois, 1929 I Feuer aus den Kesseln, 1930 I Wunder in Amerika, 1931 I Die blinde Göttin, 1932 I Des Kaisers neue Kleider, 1932 I Der Autor Alwis Kronberg, 1933 I Nie wieder Friede!, 1936 I Forget Europe, 1936/37 I Pastor Hall, 1938/39.

Lyrik:

„Gedichte der Gefangenen", 1921 I „Das Schwalbenbuch", 1924 I „Vormorgen", 1924.

Chorwerke:

Requiem den erschossenen Brüdern, ca. 1920 I Der Tag des Proletariats, ca. 1920 I Weltliche Passion, 1934.

Hörspiele:

Berlin, letzte Ausgabe, 1930 I Indizien, 1932.

Film:

Menschen hinter Gittern, 1931 I Der Weg nach Indien, ca. 1937/38 (nicht realisiert).

---

[2] Vollständig übernommen aus: https://www.ernst-toller.de/werk/

Kleine Bibliographie

„Jeder, der hören wollte, hat hören können.
Jeder, der wissen will, muß wissen.
Wer nicht hörte, wollte nicht hören,
wer nicht weiß, will nicht wissen.
Wer vergißt, will vergessen."

Ernst Toller (1893 – 1939)

1.
GESAMMELTE WERKE & KRITISCHE GESAMTAUSGABE

Ernst Toller: *Gesammelte Werke*. Sechs Bände. Herausgegeben von John M. Spalek und Wolfgang Frühwald. München/Wien: Carl Hanser Verlag 1995. [Der Bühnentext ‚Nie wieder Friede! Komödie' ist enthalten in: Gesammelte Werke. Band 3: Politisches Theater und Dramen im Exil (1927-1939). München/Wien 1995, S. 185-243 und bibliographische Notizen S. 328-329.]

Ernst Toller: *Sämtliche Werke. Kritische Ausgabe*. Sechs Bände. Im Auftrag der Ernst-Toller-Gesellschaft herausgegeben von D. Distl, M. Gerstenbräun, T. Hoffmann, J. Jordan, S. Lamb, P. Langemeyer, K. Leydecker, S. Neuhaus, M. Pilz, K. Reimers, Ch. Schönfeld, G. Scholz, R. Selbmann, Th. Unger und I. Zanol. Göttingen: Wallstein-Verlag 2015. [4304 Seiten]

Ernst Toller: *Briefe 1915–1939. Kritische Ausgabe*. Zwei Bände. Herausgegeben von Stefan Neuhaus, Gerhard Scholz, Irene Zanol, Martin Gerstenbräun, Veronika Schuchter und Kirsten Reimers unter Mitarbeit von Peter Langemeyer. Göttingen: Wallstein-Verlag 2018.

2.
LITERATUR ÜBER ERNST TOLLER
(Auswahl)

Distl 1993 = Dieter Distl: Ernst Toller. Eine politische Biographie. (Edition Descartes, Bd. 1). Schrobenhausen: Bickel 1993.

Donat/Holl 1983 = Helmut Donat / Karl Holl (Hg.): Hermes HandLexikon. Die Friedensbewegung. Organisierter Pazifismus in Deutschland und in der Schweiz. Vorwort von Dieter Lattmann. Düsseldorf: Econ Taschenbuch Verlag 1983, S. 388-389: ‚Ernst Toller'.

Dove 1993 = Richard Dove: Ernst Toller. Ein Leben in Deutschland. München: Steidl 1993.

Kyora/Neuhaus 2006 = Sabine Kyora, Stefan Neuhaus (Hg.): Realistisches Schreiben in der Weimarer Republik. (= Schriftenreihe der Ernst-Toller-Gesellschaft, Bd. 5). Würzburg: Königshausen & Neumann 2006.

Lixl 1986 = Andreas Lixl: Ernst Toller und die Weimarer Republik 1918–1933. Heidelberg: Carl Winter Universitätsverlag 1986.

Neuhaus/Selbmann/Unger 2002 = Stefan Neuhaus, Rolf Selbmann, Thorsten Unger (Hg.): Engagierte Literatur zwischen den Weltkriegen. (= Schriftenreihe der Ernst-Toller-Gesellschaft, Bd. 4). Würzburg: Königshausen & Neumann 2002.

Neuhaus/Selbmann/Unter 1999 = Stefan Neuhaus, Rolf Selbmann, Thorsten Unter (Hg.): Ernst Toller und die Weimarer Republik. Ein Autor im Spannungsfeld von Literatur und Politik. (= Schriftenreihe der Ernst-Toller-Gesellschaft, Bd. 1). Würzburg: Königshausen & Neumann 1999.

Pilz 2016 = Michael Pilz: Ernst-Toller-Bibliographie 1968-2012. Mit Nachträgen zu John M. Spalek: Ernst Toller and his critics (1968). (= Schriftenreihe der Ernst-Toller-Gesellschaft Bd. 7). Würzburg: Königshausen & Neumann 2016.

Pilz/Schuchter/Zanol 2018 = Michael Pilz, Veronika Schuchter, Irene Zanol (Hg.): „... doch nicht nur für die Zeit geschrieben". Zur Rezeption Ernst Tollers: Person und Werk im Kontext. (= Schriftenreihe der Ernst-Toller-Gesellschaft, Bd. 8). Würzburg: Königshausen & Neumann 2018.

Reimers 2000 = Kirsten Reimers: Das Bewältigen des Wirklichen. Untersuchungen zum dramatischen Schaffen Ernst Tollers zwischen den Weltkriegen. (= Schriftenreihe der Ernst-Toller-Gesellschaft, Bd. 2). Würzburg: Königshausen & Neumann, 2000.

Rothe 1997 = Wolfgang Rothe: Ernst Toller in Selbstzeugnissen und Bilddokumenten (rororo Monographien, 50312). Reinbeck: Rowohlt 1997.

Scholz 2014 = Gerhard Scholz: Das Recht auf meinen Körper. Ernst Tollers Texte und die Macht über das Leben. (= Schriftenreihe der Ernst-Toller-Gesellschaft, Bd. 6). Würzburg: Königshausen & Neumann 2014.

Spies 1997 = Bernhard Spies: Die Komödie in der deutschsprachigen Literatur des Exils. Ein Beitrag zur Geschichte und Theorie des komischen Dramas im 20. Jahrhundert. Würzburg: Königshausen & Neumann 1997, S. 44-53.

Unger/ Wojtczak 2001 = Thorsten Unger, Maria Wojtczak (Hg.): Ernst Tollers Geburtsort Samotschin. (= Schriftenreihe der Ernst-Toller-Gesellschaft, Bd. 3). Würzburg: Königshausen & Neumann 2001.

3.

INTERNET-PORTAL DER ‚ERNST TOLLER GESELLSCHAFT'

Die oben stehenden Literaturangaben sind zum überwiegenden Teil entnommen dem Internet-Portal der ‚Ernst Toller Gesellschaft e.V.', das noch weiteres Schrifttum verzeichnet: https://www.ernst-toller.de/

edition pace

Die hier fortgesetzte *edition pace,*
initiiert von Thomas Nauerth und Peter Bürger,
erschließt Quellentexte, Inspirationen & Forschungsbeiträge
zu folgenden Themenschwerpunkten:

Kultur der Gewaltfreiheit und des Friedens;
Persönlichkeiten, Spiritualität und Praxis
des gewaltfreien Widerstands;
Friedenstheologie, Kritik der Kriegsreligion;
Kirchliche Friedenslehren und Geschichte des
religiös motivierten Pazifismus;
Ökumenische und interreligiöse Lernprozesse
in der Bewegung für Gerechtigkeit, Frieden und
Bewahrung der Schöpfung.

https://buchshop.bod.de/
(Suchfunktion ⏐ Eingabe: *edition pace*)